ハヤカワ・ミステリ文庫

〈HM㊵-5〉

パードレはもういない

〔上〕

サンドローネ・ダツィエーリ

清水由貴子訳

早川書房

8422

IL RE DI DENARI
by
Sandrone Dazieri

Translated by
Yukiko Shimizu
First published in Italy by
ARNOLDO MONDADORI
First published 2019 in Japan by
HAYAKAWA PUBLISHING, INC.
This book is published in Japan by
arrangement with
GRANDI & ASSOCIATI
through TUTTLE-MORI AGENCY, INC., TOKYO.

おれの目の奥をのぞきこむんじゃない
何を見たのか知りたくないだろう。

フランク・ザッパ「A Token of my Extreme」より

パードレはもういない

〔上〕

登場人物

コロンバ・カセッリ……………………元機動隊副隊長
ダンテ・トッレ……………………………コンサルタント
トミー・メラス……………………………自閉症の青年
マルコ・サンティーニ……………………機動隊隊長
マッシモ・アルベルティ…………………機動隊隊長補佐
ディ・マルコ………………………………陸軍大佐
ロベルタ・バルトーネ（バルト）………司法人類学・歯科学研究所（Labanof）の研究者
ルーポ………………………………………国家憲兵《カラビニエーリ》。ポルティコ分署の署長
マルティーナ………………………………国家憲兵《カラビニエーリ》。ルーポの部下
ヴァルテル・ダモーレ……………………国内情報・保安庁（AISI）職員
クラウディオ・エスポージト……………警部
ヴィジェヴァーニ…………………………検事代理
ロリス・マントーニ………………………自動車整備士
サンドロ・パーラ…………………………精神科医
カテリーナ…………………………………パーラの診療所の職員
アンニバーレ・ヴァッレ…………………ダンテの養父
レオ・ボナッコルソ………………………ダンテの誘拐犯。ダンテの弟と名乗る
父親《パードレ》……………………………………誘拐殺人犯。故人
テデスコ……………………………………パードレの共犯者。服役中
ルカ・マウジェーリ………………………パードレの被害者

以前

コロンバはギルティネの上にかがみこんで死亡を確認し、ダンテは激昂《げきこう》してレオを振りかえった。「殺さなくてもよかったじゃないか。何も殺さなくても！」

レオは新たな弾薬《カートリッジ》を装塡《そうてん》すると、コロンバに歩み寄った。「死んだのか？」

「ええ」何て小柄なのだろう、コロンバは驚いた。体重は四十キロもないにちがいない。

「おもての爆発は何だったの、ダンテ？」

「ギルティネの年老いた友人が彼女の逃げ道を作ろうとしたんだ」

「もう少しで逃がすところだった」レオは言って、ギルティネの落としたナイフを手にした。

「レオ、証拠が台無しになるわ」コロンバが注意する。

「ついうっかりしてた」

その言い方に、ダンテはとっさに胸騒ぎを覚えた。「コロンバに触るな」ダンテは叫んだが、手遅れだった。レオはコロンバの腹部にナイフを刺し、傷口を押し広げながら引き抜いた。

　コロンバは胃が氷になったように感じ、膝をついて拳銃を落とした。そのあいだにも手のひらにみるみる血があふれ出る。レオがダンテを殴り倒し、すかさずベルイにおおいかぶさった。老人は骨盤に激痛が走って動けず、ただ恐怖に満ちた目でレオを見つめるばかりだった。「命を助けてくれたら、いくらでも金をやろう」ベルイは命乞いをする。

「さようなら《ダスビダーニャ》」そう言うと、レオはあたかもケーキを切り分けるかのように、事もなげに老人の喉を切った。

　ダンテはコロンバのほうへ這いずった。すでに血の海が広がるなか、彼女は胎児のような格好でうずくまっている。「CC」ダンテは目に涙をためて呼びかけた。「とにかく傷口を押さえないと。傷口を……」

　レオがダンテをつかんで立たせた。「行くぞ」

　ダンテは体内のレベル計の目盛が十を超えるのを感じた。百、千……やがてレオの顔がベルリンの巨大スクリーンの端に映った黒っぽい染みとなる。続いて、何カ月も前に自分を精神的な発作へと駆り立て、スイスのクリニックに入院する原因となった通行人に。「おまえだったのか」ダンテはつぶやいた。

「ご名答、兄さん」レオは言うと、ダンテの首を絞めて気を失わせてから背中に担いだ。

　コロンバが最後に見たのは、レオの背中から自分に触れようとして伸ばされたダンテの手だった。かならず助け出すから、何もかもあなたの言うとおりだった、もうぜったいに離れない……そう言いたかったが、夢の中でしか言えなかった。

救急隊員が駆けつけてコロンバが九死に一生を得たときには、すでにレオとダンテの姿はなく、誰ひとり彼らが立ち去るのを見た者はいなかった。

レオ・ボナッコルソが実在の人物ではないと判明したのは、それから一週間後のことだった。

第一部　悪夢

第一章

1

闇。

息が詰まる。闇がセメントのようにダンテを押しつぶし、粉々にし、骨を打ち砕く。口から肺に入りこむ。声が出ない。動くことも、吐くこともできない。またしても気を失い、枯渇した夢は黒いスクリーンとなり、そこで記憶が焼け焦げる。緑色の服を着た血まみれの女性が彼にほほ笑みかける。爆発音。**悲鳴**。

悲鳴が彼を目覚めさせようとする。

闇。闇。闇。闇。闇。闇。闇。や……

光。

ほんの一瞬。はっきり確かめる間もないほどに。だが、ダンテはそこにすがりつく。目が光を捉え、彼はふたたび考えはじめる。少しだけ。木と埃《ほこり》のにおいを感じる。例の爆発を思い出す……何かが頭に倒れかかってきたのか。ここは病院なのか？

そこで力尽きた。またしても黒いスクリーンに戻る。記憶に戻る。ディスコのような奇妙な場所にいる、奇妙な名前の血まみれの女性に。彼女のほうに飛んでくる五発の銃弾に。銃弾がナメクジのごとく空中を進み、彼女の背中に突き刺さるのが見える。女性の肉はゼリーに、顔は液体となり、ほほ笑みが砕ける。左の鎖骨と腹部の皮膚に小さな火山がふたつ現われる。火山は引き裂かれ、飛行を終えた二発の銃弾が血飛沫《ちしぶき》と骨の破片を飛ばして出てくる。女性はゆっくりと前に倒れる。彼女の後ろは……

闇。

ダンテは目を覚ましたが、すぐに瞼《まぶた》を開くような過ちは犯さない。動くと苦痛の波が押し寄せるにもかかわらず、みずからの身体を感じる前から復元しようとする。仰向けに横たわり、手首と足首が押さえつけられているのがわかった。口には革の何かが取りつけられ、脇腹はやわらかいもので包まれている。それ以外は裸だ。気管チューブを挿入されているのか？　重体なのか？　頭蓋を震わせていたディーゼルエンジンの音を思い出す。あれはボートのエンジンだった。ボートで病院に運ばれたのかもしれない。

手を動かそうとすると手首の痛みが増す。何か鋭利なもので固定され、動くたびにそれが肉に食いこむ。

プラスチックカフ。

最も安上がりな市販の手錠で、病院で使用するものではない。つまり入院しているのではなく、どこか別の場所にいる。

囚われている。

恐怖がダンテを記憶の映画館へと連れ戻す。ふたたび映画が始まると、緑色の服の女性がゆっくりと倒れ、彼女の向こう側が見える。そこにはガラスの破片、けばけばしい色のプラスチックの椅子、埃、剝《は》げ落ちた漆喰が散乱している。そして床にはいくつもの死体。煙草を手にした男たちやイブニングドレスの女たち。血まみれの。幻覚の中で、ダンテはあの爆発を自分の目で見たことに気づく。自分もあの場にいた。どれくらい前の出来事なのかはわからない。わかっているのはヴェネツィアだということだ。

現在に戻ってふたたび瞼を開け、頭上の明るい点に視線を定め、光に敏感な目の端で見つめる。頭を回すと点は動き、消えてはふたたび現われる。自分とその反射するもののあいだに何かがある。真っ暗な部屋の天井をじかに見ているのではない。その瞬間、それがすぐ近くにあることに気づく。木の網目。

空気孔だ。

ダンテは箱の中に閉じこめられていた。

2

　吹雪に見舞われたマルケ州に、ふたたび血が通いはじめた。孤立状態となっているシビッリーニ山脈とコーネロ山の切り立った岩壁のあいだの小さな村々にも、ようやく食料を運ぶ市民保護局のヘリコプターが到着した。その間、壊れた家畜小屋で何百頭もの家畜が凍死し、運悪く所有者も命を落とすことがあった。

　悪天候の中心地からは離れていたものの、メッザノッテの集落と県道を結ぶ長い未舗装の道も雪でおおわれ、丘陵地帯に点在する家々にプロパンガスを供給するタンクローリーは谷間に足止めされた。そうした丘陵のひとつの、ちょうど道の突き当たり、高さ十メートルほどの崖の上に灰色の石造りのみすぼらしい田舎家が一軒あった。十九世紀末に農民が建てたもので、その後、何世代にもわたっておよそ一貫性というものを無視して増築や改築が繰りかえされてきた。窓は形も色もばらばらで、玄関は五カ所あり、増築部は建材が異なる。最も新しい部分は地面を掘らずに土地の凹凸《おうとつ》に沿ってコンクリートで造られたため、二階建てと一階のみの部分が混在し、あたかも地面に打ちこまれた灰色の楔《くさび》のごとき姿となっていた。庭をおおう雪からは枯れかけた灌木《かんぼく》や雑草が突き出し、家を視界から隠している。

ボイラーは地下のワイン貯蔵庫にあり、モーターレンチで管を分解しては石灰を取り除く作業を長年繰りかえしてきたせいで、無数の傷がついていた。ガスは埋めこまれたタンクから庭の地下を走る長い導管を通って送られる。本来ならタンクローリーからタンクにガスが供給されるはずだった。

午前二時、ボイラーは最後のガスを吸い尽くすと、年老いたカタル患者のように咳きこんで止まった。

肩幅が広く頬骨が突き出した、複雑な緑色の目の女性がベッドに横たわり、冷えたラジエーターが軋《きし》む音に耳をかたむけていた。女性の名はコロンバ・カセッリ、三十五歳、元機動隊副隊長で、亡霊が彼女の腹部にナイフを突き立て、〝サイロの男〟ダンテ・トッレを連れ去ったのを機に辞職した。

あれから十五カ月が過ぎた。

ふたりの行方は一向に知れなかった。

3

コロンバは起き上がり、電気ポットと出がらしのティーバッグで紅茶を淹《い》れると、スウェットスーツの上にチューバッカのように毛足の長い古いパーカーをはおり、風雨にさらされた扉から外に出た。あたりは見渡すかぎり白く凍てつき、白蛇のごとき道は乳白色の虚空に消えている。聞こえるのは風の音と鳥の鳴き声だけだった。

フードを目深にかぶって吹きつける寒風をよけながら、門のそばの灰色の張り出し屋根まで苦労して進んだ。ポケットには足元を照らすためのマッチの箱が入っている。暖炉に火を入れたことはなかったが、その先に長年のうちにゴミに埋もれた薪《まき》の山があることは知っていた。

だが、そこにたどり着く前に足を止め、膝まで積もった雪の中に立ち尽くした。

薪小屋の裏から人間の足跡が続いている。何者かが柵をよじ登って越え、家の裏側に姿を消したのだ。

コロンバは動けなかった。振り向くことも、真っ白な雪の上に、小屋の壁をかすめるように半円形を描いて並ぶ足跡から目をそらすこともできなかった。

とっさに拳銃を取り出そうとしたが、ポケットに入っていない。ナイトテーブルの引き出しに置いてきたことを思い出した。退院したばかりのころはベッドにも持ちこみ、目が覚めると口の中に鉱油の味が広がっていたものだった。なのに、なぜその習慣をやめてしまったのだろう。

もう安全だと油断していたのか？　頭の中で聞き覚えのある声が問いかける。背後から聞こえたかと思うほど鮮明だった。

たちまち肺が締めつけられ、平衡感覚を失ったコロンバは、荒れ果てた薔薇《ばら》の花壇の枯れ枝の上に仰向けに倒れた。白い空を見つめながら、これでおしまいだと考える。ナイフの刃を覚悟する。銃弾を覚悟する。苦痛を覚悟する。

だが、何も起こらなかった。

コロンバは少しずつ正気を取り戻した。震えは止まった。花壇から転がり出て身を起こす。レオ・ボナッコルソ――過去の人生で遭遇した亡霊――は目につくような場所に足跡を残したりはするまい。ある朝、目覚めたら目の前にいて、声をあげる間もなく夢うつつの状態で殺されるだろう。

何かを企んでいないかぎり。ひょっとしたら、わたしをどこかへ連れ去って……

「ばかばかしい」自分に腹が立って、コロンバはつぶやいた。「どうかしてる」

もう一度足跡に目を向けると――幻ではなかった――ベレッタを取りに家に駆け戻った。

そして両手で銃を握りしめつつ、侵入者の足跡をたどって、がらくた置き場と化した裏の小屋に出た。掛け金は外れて扉はなかば開き、中の暗がりで何かが音を立てている。コロンバは銃を構えた。「隠れても無駄よ。手を頭の後ろで組んで出てきなさい」

答えはない。音がやんだ。

「三つ数える。怒らせないで。一、二……」

三まで数えないうちに、コロンバは小屋までの数メートルを走り、長靴の先で扉を蹴り開けた。日光が射しこみ、クモの巣だらけの古い家具のあいだに佇《たたず》むがっしりした男の姿が浮かび上がった。戸棚の側面に隠れて背中しか見えない。

「出てこいって言ったでしょ」

コロンバは一歩前に進んだ。侵入者はさらに戸棚の陰に身を隠したが、今度ははっきりと見えた。筋肉と脂肪のかたまりのような巨体に、麦わらみたいな金髪。身につけているのはよれよれのジャージの上下にフェルトのスリッパだけだ。壁の角に顔を埋め、怯えたように震えている。

「誰なの？　こっちを向いて、顔を見せなさい」

それでも男は動かなかったので、コロンバは近づいてのぞきこんだ。赤らんだ顔に髭は生えていない。せいぜい十八歳くらいで、表情のない顔で宙を見つめている。

いつもこうなのか、ショックのせいなのかは判断がつきかねたが、コロンバは拳銃を下ろして尋ねた。「ここで何してるの？　迷ったの？」

青年は答えなかった。かと思うと、とつぜんぎこちない動きで出口に向かって走り出した。スリッパには泥がはねている。コロンバは彼を捕まえた。青年はその手に噛みついたが、足を払われ、雪の上にうつ伏せに倒れた。「ばかな真似はやめて」コロンバは言った。「何もしないから。ただ、あなたが誰だか知りたい……」言葉が喉につかえた。

青年のまわりの雪が赤く染まっていた。

4

コロンバはパニックを抑えて青年の横にひざまずいた。何かにぶつけたのだろうか。石？そのあたりのがらくた？

「どこを怪我したの？　見せて」

青年は顔を上げ、困惑した様子で目を見開いて彼女を見た。

ショック状態だ。もうじき出血で意識を失うかもしれない――コロンバはジャージのファスナーを下ろした。

中のTシャツにはべっとりと血がつき、すでに乾きはじめていた。

くぐもったうめき声を無視して彼を抱き起こし、シャツをめくってみる。傷は見当たらない。手で触れて確かめた。青年は身をよじったが、今度は強引にうつ伏せにして背中を調べた。背中にも脚にも傷は負っていなかった。

コロンバは彼の服を直した。血はこの青年のものではない。よかった。

本当に安心していいの？

コロンバは彼を助け起こしたが、青年はその場に所在なげに立っているだけだった。「また逃げようとしたら、もっと痛い目に遭うわよ。わかった？」コロンバは釘を刺した。「家に来て。でないと凍え死ぬから」

青年は動こうとしなかった。

「家」コロンバは指で示す。「あそこ」

だが、青年はその手のほうを見ようともしなかった。コロンバは嫌がる彼の腕をつかむと、一階の半分を占めるダイニングキッチンへと引っ張っていった。かつてそこには馬小屋があった。馬の放つ熱で部屋を暖めるために主人の寝室の下に造られたのだ。壁は染みだらけで、イケアが創業する前の時代の家具は埃《ほこり》におおわれていた。キッチンの三本脚のスツールにポータブルテレビが置かれ、ニュース専門チャンネルの番組が音声なしで流れている。コロンバは一日じゅうつけっぱなしにしていた。

青年を毛布で包むと、食器棚の上からコードレス電話を取って最寄りの警察署にかけてみたが、思ったとおり回線は不通だった。電話線は何キロも野原を通り、森を抜けて、戦前に建てられた電話局に繋がっている。これほどの大雪では、唾《つば》を吐いただけでショートしてもおかしくない。このあたりの住人は携帯電話と無線機を用意しているが、コロンバはどちらも持っていなかった。

内心ため息をついて青年を見やる。

もう一度名前を尋ねてみたが、こちらを見ようともしない。耳が聞こえないのだろうか。試しにスプーンを落としてみると、彼はびくっとした。耳は聞こえている。言うことを聞かないだけだ。

「話すのが嫌なら所持品を調べさせてもらうけど？」コロンバは言った。「黙っているのは了承のしるしね」

青年はボディチェックを受けたが、コロンバの手が素肌に触れると身をよじり、汚れがついたかのように肌をこすった。ポケットには財布も身分証も入っていなかったが、裏起毛のジャージの袖口をめくると、緑色のプラスチックのバンドが見えた。

〝わたしの名はトミー、自閉症です。話したり触られたりするのが好きではありません。ひとりでいるところを見つけたら、この番号に連絡してください。〟

とんだ失態を演じてしまった。「こんにちは、トミー。はじめまして……気づかなくてごめんなさい」リストバンドを裏返すと、ギリシャ語で同じメッセージが書かれていた。マルケ州の丘陵地帯では多くの外国人が別荘を持っている。隣のトスカーナ州よりもはるかに安く買えるのだ。トミーの両親もそうした外国人にちがいない。電話番号は役に立たない。住所はモンテニグロ通りで、通常なら徒歩一時間の距離だが、雪の中、スリッパで歩いたらどれだけかかるのか想像もつかなかった。

「どうやってここまで来たの？　誰か怪我をしている人と一緒だった？」コロンバは尋ねたが、あいかわらず返事はなかった。わずか一時間ほどが丸一日にも感じられ、ぐったりしてソファの反対側の端に腰を下ろした。すぐにでもベッドに戻りたかった。

だが、トミーがいる。リストバンドをつけて。

「あのまま逃がしておけばよかった」コロンバはつぶやいた。「そうすれば、いまごろ頭を抱えているのはほかの誰かだったのに」

彼女はふたたびパーカーをはおると、おんぼろのパンダ4×4を車庫から出すために外に出た。三週間前に買い物に出かけたとき以来、動かしていなかったが、非常用電源をバッテリーに繋ぐと、すぐにエンジンがかかった。

エンジンが温まるまでのあいだに、トランクからチェーンを取り出し、悪態をつきながら凍える手で装着する。その間、何度かトミーの様子を見に戻った。彼は背中を丸めてソファに座ったままだった。毛布は放り捨て、凍えるような寒さを何とも思っていないようだ。それが自閉症の特徴のひとつであることを、コロンバはおぼろげに思い出した。昔、ダンテがそう言っていた。

タイヤの準備が整うと、コロンバはトミーを引きずるようにして後部座席に乗せ、二本のシートベルトで固定し、運転席に乗りこんで小道を進んだ。

両手が汗ばんでくる。最初の隣人――二キロ離れたところで蜜蜂を飼育しているひとり暮らしの物静かな男性――の家を過ぎると、県道の入口にたどり着いた。ほかに車は一台も走っておらず、まるで氷でできた異星人の惑星に迷いこんだかのようだった。息が苦しくなり、腹部が痙攣《けいれん》して冷や汗が止まらなくなった。

サイドブレーキを引いて車を降りる。雪の中に立ち、わずかに顔をのぞかせた鮮やかな青空を見つめながら懸命に呼吸を落ち着かせた。

ほんの数キロ。何も起こらない、と自分に言い聞かせる。
だが、すでに何かが起きているのはわかっていた。

5

トミーが窓ガラスをノックして、コロンバははっとした。

「わかった、わかったから」だが、トミーは叩くのをやめない。この調子だと目的地に着くまで叩きつづけるかもしれない。コロンバはもう二、三回、冷たい空気を吸いこんでから運転席に戻った。県道にはうっすらと雪が積もっているだけで、アスファルトの上でチェーンは機関銃のような音を響かせていた。モンテニグロ通りに入る分岐点まで来ると、前方で国《カラ》家憲兵《ビニエーリ》が検問を行なっているのが見えた。道の両側に車が一台ずつ停まり、短機関銃を携え、寒さで顔が赤らんだ兵士たちが立っていた。

コロンバはブレーキを踏んだ。後ろでトミーが鋭い悲鳴をあげ、座席にうずくまった。

コロンバは振りかえった。「怖がらなくても大丈夫。事故でもあったのよ」言いながらも、おそらくそうでないことはわかっていた。「ここで待ってて。わかった？」

トミーを車に残して、コロンバはカラビニエーリのグループに近づいた。そのなかの赤い巻き毛の若い兵士が、停止札を振りまわして交通整理をする真似をしながら言った。「車に戻ってください。この道は封鎖されています」

コロンバは襟章に目をやった。「こんにちは、騎兵隊長。何があったんですか？」

「通常業務です」赤毛が〝おまえには関係ない〟と言わんばかりの口調で答えた。「迂回してください」

「じつは、ちょっと困っていて。道に迷った人を見つけたんです。名前はトミー・メラス。自閉症で、一刻も早く家に送り届けないと」

「ここで待っていてください」騎兵隊長は急いで立ち去り、数分後、長身で頭が禿げ、灰色のあごひげを生やした五十がらみの男を連れて戻ってきた。ほころびたハンティングウェアを着ているが、やはり兵士であるのは明らかだった。男はほんの一瞬ためらってから手を差し出し、コロンバは相手が自分を知っていることに気づいた。「ポルティコ分署の署長、ルーポ准尉です」

「コロンバ・カセッリです。ご存じでしょうが」

「護衛官はどちらに？」

「いません」コロンバは慌てて言った。「それで、その青年は歩いてわたしの家まで来たんです。さいわい凍死は免れましたが、医者に診てもらったほうがいいと思います」

「あなたの家？」

「メッザノッテです。いま、車の中にいます。気分が悪くなったら大変なので。それに、服に血痕がついているから。大量の」

コロンバは車を指さした。その中でトミーはあいかわらず同じリズムで窓を叩きつづけている。周囲の様子にはお構いなしに。

ルーポは難しい顔で髭に手をやった。「結論から申し上げますと、トミーの両親は昨晩、殺害されました」

「そんな……」コロンバはつぶやいた。

「二時間前に通報があったんです。その後、ただちにトミーの捜索命令を出しました。おかげで捜す手間が省けましたよ」

「偶然です」

「彼の処遇が決まるまで、あそこのバールでお待ちいただけませんか？」ルーポはカーブの手前の店を指さした。古い煙草屋で、小さな町ではよくあることだが乳製品も売っている。

「コーヒー代はわたしにつけておいてください」

「断るわけにはいかないんでしょうね」

「あなたのほうがよくご存じのはずだ」

そのとおりだった。コロンバは仕方なく言われたとおりにした。ただし注文したのはレモンティーだ。そして小さなショーケースの横にひとつだけある小テーブルに腰を下ろした。店では老人が三人、地元の訛りで事件のことを話しており、東洋系のバリスタは携帯電話でチャットをしていた。

そのとき、通りの突き当たりにトミーが現われた。カラビニエーリに囲まれ、歩くよう促されている。次の瞬間、彼はその手を振りはらって女性の騎兵隊長を突き飛ばしたが、逃げ出しはせず、救急車に駆け寄って自分から乗りこんだ。コロンバの座っている場所からは、それ以上は見えなかったが、やがてルーポがトミーの服を入れた大きな袋を持って出てきた。コロンバはカップに視線を戻した。

十分後、ルーポがやってきて腰を下ろした。「どうにか落ち着きました」

「近くに親戚はいないんですか？」

「われわれの知るかぎりは。これからカルトチェートのアグリツーリズモに連れていきます。そのあいだに正式な受け入れ先を探すことになるでしょう」ルーポがコーヒーを頼むと、バリスタは携帯から目を離さずに淹《い》れた。「成年には達していますが、もちろん自活はできませんから」

トミーの恐怖に怯えた目を思い浮かべると、コロンバは同情を禁じ得なかった。他人に同情するのはいつ以来のことだろう。「事件当時、家にいたんです。きっと」

「わたしもそう思います。そしてスリッパのまま逃げ出した。見つけたとき、何か言っていませんでしたか？」

「何も。自分の名前すら。そもそも話せるのかどうかもわかりません」

「顔見知りだったんですか？　彼の両親のことは？」

「知りません」

「わたしも知らないんです。ほとんど姿を見せなかったのでね」ルーポは眼鏡をかけ、ジャンパーの前を開けた。その下にはソンブレロと小さなロバの模様が入ったプルオーバーを着ている。彼は胸ポケットから手帳を取り出した。「母親の名はテレーザ、トリノ出身。父親はアリスティデス、ギリシャ人です」メモを読み上げる。「トミーは母親の連れ子です。姓はカラッバ。実の父親は彼が五、六歳のころに亡くなっています。現在、十九歳です」

コロンバは右手を上げた。「ありがとうございます。でも、わたしには関係ないので」

「ところが、そうでもないんです」ルーポは古いiPhoneを操作してから差し出した。「これは今日撮ったトミーの部屋です」

そこにはベッドのヘッドボードと、写真で埋め尽くされた壁が写っていた。拡大してみると、貼られた写真はすべて同じ人物のものだった。

コロンバの。

6

コロンバは黙って携帯を返した。ここにもひとり――紅茶に浸したレモンを嚙みながら、ますます顔を曇らせる。思いこみの激しい信奉者はうんざりだった。

ルーポは彼女の表情を観察した。「どういうことか、おわかりでしょう」

「ヴェネツィアの虐殺事件で、わたしの顔が世間に知れ渡った。それにダンテのファンのなかには、彼を消したのはわたしだと考えている人たちもいる」

「わたしもそういった類《たぐい》の話をどこかで読みました。世の中には頭のおかしな連中がおおぜいいる」

「ダンテによると全人口の七十パーセントだとか。そして警察官の百パーセント」コロンバは寂しげな笑みを浮かべた。

ルーポは憐れむように眉をひそめた。「すばらしい人だったんでしょうね、トッレさんは」

「いまでもそうです」コロンバはむきになって言ってから、落ち着きを取り戻してつけ加えた。「居場所はわかりませんが、生きているのは確かです」

「もちろんです。失礼しました」ルーポは同情の笑みを浮かべた。「近所の住人の話では、トミーはほとんどしゃべりませんが、言いたいことがあるときは子どものように意思表示をするそうです」

「専門家の手を借りないと。ローマには知り合いがいたんですが、ここには心当たりがありません」

ルーポは弁解がましくほほ笑んだ。「探すあいだに、ここはひとつ、あなたに引き受けていただくわけにはいきませんか?」

「わたしの務めは彼を誰か面倒を見てくれる人のもとへ連れていくことで、その義務は果たしました。もうわたしの出番はありません」

「あの青年はあなたに憧れています。あなたにならロを開くかもしれません。そうすればもっと情報を引き出せる」

コロンバは両手でカップを握りしめた。「たとえトミーが何かしゃべったとしても、重要な意味を持つとは限らない。それに、あのとおり重度の自閉症だとしたら行為能力もないでしょう」

「しかし、殺人犯の特定に役立つかもしれません。それにあなたはもう退職したのですから、わたしと違って、トミーと話をするのに許可は必要ない」

コロンバは壁に貼られた写真を思い出して、ため息をついた。「科学捜査班は現場検証を行なったんですか?」

「まだです。この天候では到着もいつになることやら」

「でしたら、彼と話をする前に家の中を見てみたいのですが」断られることを予想して言った。そうすればルーポの気が変わるだろうと。

ところが、そう都合よくはいかなかった。

7

コロンバはルーポの後についてモンテニグロ通りに足を踏み入れた。ここに来たのは子どものころ以来だった。現在は、小さな町のロマネスク様式の家の大半は空き家で荒れ果てている。住人はトリュフを探して年金の足しにしている年寄りがほとんどで、皆、様子をうかがうために、しもやけ覚悟で通りに出てきていた。新しい庭付きの一軒家も何軒かあり、ミラノ近郊からの移住者が暮らしていた。メラスの家もそのうちの一軒で、黄土色の壁と、仰々しい人工大理石の柱に支えられた大きなベランダが目に飛びこんできた。

立ち入りを規制するために張られた二色のテープの奥で、数名の兵士が足を温めようと飛び跳ねていた。年配の曹長がテープを持ち上げて通してくれた。コロンバは無意識にポケットを探り、警察バッジを取り出そうとしたが、もちろん入っていなかった。ローマでの最後の日にオフィスの壁に投げつけたのだ。もう少しで機動隊隊長の頭に命中するところだった。おそらく溶かされたか、プレス機で潰されたにちがいない。退職した警察官の徽章《きしょう》がどう処理されるのか、想像もつかなかった。

ふたりは玄関の階段に置かれた箱からゴム手袋とシューズカバーを取って装着した。「何者かが侵入した痕跡は？」コロンバは尋ねた。

ルーポは首を横に振った。「わたしの見たかぎりでは」

ふたたび大雪が降りはじめ、樋は軋み、窓は光を放つ目のようだった。靴や傘でいっぱいの玄関を通ってキッチンへ向かう。コロンバはシンクに倒れたミネラルウォーターのボトルに血の手形がついているのに気づいた。手形は冷蔵庫にも残され、床には血まみれの裸足の足跡が続いていた。トミーのものにちがいない。

「ええ、トミーがやらかしてくれました。手形は彼のものです。着替えさせるときに確認しました」

深紅の指跡をたどって、両側の壁が猛禽類《もうきんるい》の写真でおおわれた廊下からリビングへ入る。リビングの壁にもメラス夫妻の結婚式の写真が飾られていた。樽のような腰には窮屈そうなウエディングドレス姿の新婦はあふれんばかりの喜びを振りまき、タキシードを着たスポーツマンタイプの新郎は車にもたれてほほ笑んでいる。

ルーポはシャツの胸ポケットから紙切れを取り出し、眼鏡をかけた。「住民登録によると、ふたりは一年半前に結婚しています。いまのところデータベースでひと通り確認しただけで、詳しいことは調べがついていません」そして、肘で寝室のドアを押し開ける。「ここが殺害現場ですが、あまり見て楽しいものではありませんよ」ルーポはつけ加えた。「何ならここは飛ばしても」

「もっとひどい現場を見てきましたから」コロンバは平然と言った。

とはいうものの、目をおおいたくなるような光景だった。遺体はまるでトラックに轢《ひ》かれ、さらにバックで轢き直されたかのような有様だった。ふたりとも血の海と化したベッドに横たわっている。夫は横向きで脚に毛布が絡みつき、片方の手首は切断されかけていた。妻は仰向けで、逃げようとしたときに止《とど》めを刺されたかのように右脚が床にだらりと垂れ、脛骨《けいこつ》が肉から飛び出している。夫の赤いストライプのパジャマも、レースの縁飾りがついた妻のネグリジェもずたずたに引き裂かれていた。どちらも致命傷は頭部のようだ。夫はうなじが潰され、頭皮が剝《は》がされて額にかかっている。一方で妻の頭は眉までしかなく、その上には灰色の物質と髪があるばかりだった。

　コロンバはレモンの味が胃からせり上がるのを感じた。「凶器は見つかったんですか？」

「まだです。何だと思いますか？」

「型から見て、おそらく重いハンマーでしょう。大工が使うような、四角くて大きい」

「犯人は複数ですか？」

「わたしは作業服組じゃありません」コロンバはそっけなく答えた。

「でも殺人課にいたんでしょう。わたしよりも経験が豊富なはずだ」

「おそらくひとつの凶器で交互に襲いかかったのではないかと」コロンバは天井を指さした。半円筒天井を支える梁《はり》のように、何本もの筋状の血痕がついている。「……縦のスワイプは何度も繰り返し武器を振りかざしたときについたものです。横のは……」

「標的を変えたときのもの。何度となく」ルーポは自分で言うほど無知ではないことを示した。「つまり、単独犯ということですね」

「十人の可能性もあります。武器を使いまわして、同じ角度から襲撃すれば」

「だが、その可能性は低いと考えている」

どう答えるべきか決めかねて、コロンバはためらった。ルーポのしつこさに辟易《へきえき》していた。

「出ましょう」

故人の写真で埋め尽くされたリビングに戻る。コロンバはその写真が墓碑に飾られた光景を思い浮かべた。

「強盗でしょうか?」ルーポが尋ねた。

「あなたの考えは?」

「いつもは牛の盗難や近隣の諍《いさか》いばかりなので」ルーポは肩をすくめた。「わたしの意見など役には立ちますまい」

「専門の捜査官でも、こうした惨《むご》たらしい遺体を前に嘔吐する人は少なくなかった。あなたはきわめて冷静に見えましたが」

「家畜の盗難のほうが惨状を呈することもあります」

コロンバはかぶりを振った。ルーポが見識のない田舎者のふりを続けたいのなら、勝手にするがいい。「強盗犯が人を殺すのは恐怖のせいで、自己顕示欲や、協力しなかった罰といった動機ではありません。でもメラス夫妻は就寝中に、あるいはそれに近い状態で殺された」

「ハンマーは裏社会の殺し屋が使う凶器ではないという点は？　衝動的な犯行の可能性は？　激情に駆られた」

コロンバの瞳がミズキのごとく濃い緑色になった。「回りくどい言い方はやめてください。あなたはあの青年が犯人だと考えている。彼がわたしに泣きついて自白することを期待している」

ルーポはにやりとした。「わたしに何が言えるでしょう。どんな可能性も見過ごすことはできません」

「トミーにどんな動機があると？」

「あの若者は病気です。動機など必要ない」

「自閉症は障害よ。病気じゃなくて」コロンバは言いかえした。「トミーのように重度の場合、自分の力をコントロールできなかったり怒りの発作を起こしたりして、他人に危害を加えることもある。でも、眠っている両親を殺すのはまったく別次元の話でしょう」

「ジェフリー・ダーマーも自閉症だった」

「アスペルガーです、たぶん」コロンバは訂正した。「トミーとは似て非なるものだわ。トミーは自分で身の回りのこともできないんです。仮にとつぜん両親に襲いかかることがあったとしても、抵抗しないうちにふたりとも殺すなんてできっこない。彼の様子はこの目で見ていますから」

「あなたは運がよかったのかもしれませんね」

「とにかく彼の部屋を見てみましょう」

最初は間違えて物置部屋に入ったのかと思った。唯一の窓はボール紙で塞がれ、シングルベッドと長椅子、トミーの服が入った扉のない小さな棚があるのみだ。シーツはディズニーのキャラクターのデザインで、サイドテーブルには古いパソコンと、その横に同じくらい古いが、きちんと手入れされたインクジェットのプリンターが置かれている。だが、コロンバの目を引いたのは彼女自身の写真だった。A4サイズの紙に印刷されたものや新聞の切り抜きなど、少なくとも百枚はある。それが壁のほぼ全面と天井の一部に貼られていた。

「壮観でしょう？」ルーポが言った。「ここに閉じこめられていたんでしょうか？」

コロンバは注意深く室内に目を走らせた。「いいえ。閂《かんぬき》もロープもない。これで居心地がよかったんでしょう」

「吸血鬼にでもなったつもりだったのかもしれませんね」

コロンバは聞こえないふりをして、ベッドと床を調べた。乱れたシーツに血の跡はない。トミーは両親が死んでいるのを見つけたあとは、部屋には戻らなかった。あるいは両親を殺してから。服を着こむことなく逃げ出したのだ。寝間着のまま。「准尉、しばらくひとりにさせてもらえませんか？」

「何か問題でも？」

「いいえ、ただ少し考えて、自分なりの推理を立ててみたいんです」

「手早くお願いしますよ。あなたがここにいるのを誰かに見られたら、釈明しなければなりませんから」

「心配いりません」

ルーポは出ていった。コロンバはシューズカバーの音が聞こえなくなるのを待ってから、パスワードが設定されていないよう祈りつつ、トミーのパソコンを立ち上げた。さいわいパスワードは不要だった。急いで自分の写真の入ったフォルダを探すと、フォルダごと削除し、ゴミ箱を空《から》にして、システムクリーナーソフトを起動する。専門家なら復元できるかもしれないが、真っ先に駆けつけ、金を渡して入ろうとする新聞記者には無理だろう。コロンバはパソコンの電源を切り、今度は壁の写真を剝がしにかかった。まずは警察分署長の飾緒《しょくしょ》をつけた制服姿のものから。〝発達期専門精神科医・セラピスト　ドクター・パーラ〟というレターヘッド付きの紙に印刷された写真が何枚かあった。住所を見ると、この近くの町だ。それもほかの写真と一緒に大きなかたまりに丸めてジャケットの下に突っこんだ。壁に何もなくなると、部屋はいっそう陰気で不気味に感じられた。ダンテはこんな場所で息絶えているのだろうか。だが、トミーにとっては心地よい空間なのかもしれない。

彼は三キロの距離を歩いてきた。それを忘れてはいけない。

電気を消して外に出ると、危ういところだったと気づいた。〝科学捜査研究所《RIS》〟と大きく描かれたトラックが門の横に停まっていたからだ。作業服組がルーポとしゃべりながら修道士の着衣式さながらに着替えている。コロンバは気づかないふりをして、急いで家の裏に回り、ポケットに入っていたマッチで写真に火をつけた。ルーポが来たときには、写真は熾火《おきび》に包まれた灰のかたまりと化していた。

ルーポはかぶりを振った。「してやられましたね。これではわたしはただの間抜けだ」

「そのままにしておけば、被害者の写真より先に報道されかねなかった」コロンバは正直に答えた。「ローマでは家にまで押しかけてきて、ああだこうだ言い張る人もいました。だから居場所を知られたくないんです」

「あなたを告発するつもりはない。あなたの活躍には一目置いていますから。しかし調子に乗ってもらっては困る。いくら〝ヴェネツィアのヒロイン〟だからといって」

「その呼び方はやめてください」コロンバは嚙みついた。

「わたしが考えたわけじゃない。で、わたしとの約束は果たしてくれるんですか？」

「トミーを陥れるのに協力すること？」

「陥れるだなんて。ただ無駄な骨折りを避けたいだけです」

「すぐに応援の捜査員が来るわ」

「ここはわたしの縄張りだ。来ていただけますか？」

「あの子が何を言おうと、わたしは証言しません。ご自分で報告してください」

「ほかに条件は？　リムジンですか？」

コロンバはかぶりを振った。「わたしがどこに住んでいるのかお忘れですか？　そんなのでたどり着けるとでも？」

ルーポはうなずいた。「わたしが先導すればね」

8

引受先となる親類かグループホームが見つかるまでトミーが滞在することになったのは〈ニード〉というアグリツーリズモで、コロンバが住んでいる田舎家の洗練されたバージョンといったところだった。広さは三倍、プールと馬場があり、庭ではぶち毛のポニーが二頭、いかにも嫌そうに雪を蹴散らしていた。

トミーはシングルルームで赤毛の女性と、彼女より年上の男性のカラビニエーリに監視されていた。ブラインドは下ろされ、電気スタンドだけがついている。ジャージに黄色いTシャツで腹を出してベッドに座っているトミーは、ますます巨大化したように見えた。百五十キロはあるにちがいない。

「おい、大男、ブラインドを上げろ。これじゃあ穴蔵にいるみたいだ」

「彼はこのほうが落ち着くんです、准尉」赤毛の女性カラビニエーリが答えた。「外は苦手なようです。ここに来るまでずっと大声でわめいていました」

「はるばる三キロも歩いたんだぞ」ルーポは言った。「外でも普通に呼吸していたはずだ」

「ショックを受けていたからですよ。彼がどんな部屋にいたのか、その目で見ましたよね？」コロンバは指摘した。

「それはそうだが。まあ、いいだろう。おまえたちは廊下を見張っていてくれ」ルーポは部下に命じた。

ふたりは指揮官に従って部屋を出た。「あとで声をかける」

「あなたもです、准尉」コロンバは言った。

「おとなしくしていますよ」

「トミーがあなたと話したいのなら、とっくに話しているはずです。出ていってください」

「それならドアの前にいるので」

コロンバはルーポの目の前でドアを閉めると、椅子をベッドのそばまで引っ張ってきた。トミーは尻の上で身体を揺らしながら、タロットカードでひとり遊びをしている。一見、何の脈絡もなくカードを動かしているようだが、その手つきはきわめて正確だった。

コロンバはあらためて彼に憐れみを覚え、またしても胸が締めつけられた。あまりにも大柄で、まるでアニメの熊のように無防備に見えた。「こんにちは、トミー」彼女は笑顔を作って声をかけた。「調子はどう？　何もひどいことはされなかった？」

トミーはタロット遊びをやめようとはしなかったが、手の動きを緩め、目の端で彼女の様子をうかがっていた。

「ご両親のことはお気の毒だったわね。わたしがここに来たのは、あなたがそのことを話したいんじゃないかと思ったから」

トミーはカードを持った手を宙で止めた。そして何やらつぶやきながら、ゆっくりとそのカードを置いた。コロンバははじめて彼の低い声を耳にした。

「逃げてきたの？　それとも、わたしに何か言いたかったの？」

トミーはテレビのコマーシャルソングを口ずさんだ。メロディと音程はＣＭそのままだったが、歌詞は意味を成していない。

コロンバは苛立ちがこみ上げるのを感じたが、すぐに封じこめた。「もう一度考えてみて、トミー。言っておくけど、わたしはここに呼ばれて困っている。あなたの両親のような残酷な事件には正直、関わりたくない。それでも関わっているのは、あなたを助けられるかもしれないと思ったからよ」

彼は何も言わなかったが、どうやら話は通じたようだ。「あなたは何かしてはいけないことをした？」

トミーは子どもみたいにぶんぶん首を振った。

「ご両親を傷つけた？　腹が立って」

いいいいい、そんなことしてない。

「本当に？」

トミーはうなずいた。

コロンバは彼を信じたかった。「犯人の顔は見た？　知ってる人？」

トミーはこのうえなく長い時間をかけてカードを置いたが、答えなかった。

「わたしも同じ目に遭ったら怖くてたまらない」コロンバは言った。「でも、ここにいれば大丈夫。誰もあなたを傷つけたりしない」

トミーは疑いの表情を浮かべたままじっとしている。少しして、震える手でカードを集めると、ベッドカバーの上にマーク別に一から順に並べはじめ、全部終わると人さし指で指した。

「一枚取るの?」

トミーはうなずいた。

コロンバはにっこりした。「べらべらしゃべっても、何を言っているのかちっともわからない人もいるのに……あなたはそういうタイプとは違う」コロンバは適当なカードに手を伸ばしたが、トミーはまたしてもベッドカバーを指さした。彼女は手を止めた。選んでほしいのではなく、彼の心の中にある一枚を当ててほしいのだ。「わかった。これじゃない。だとすると上? 下?」

円を描いて手を動かしながら一枚ずつ探していく……やがてトミーが明らかに動揺しはじめた。コロンバはふたたび手を止めた。その手は金貨《ペンタクル》の王の上にあった。コロンバがカードを手に取るあいだ、トミーはあたかも怯えたように目をそらしていた。フレンチタロットではダイヤに当たるスートの王は横を向いた若者で、髪は長く、マントと王冠をつけている。大きな首飾りをかけ、手には斧。王を照らす小さな太陽は金貨で、中央には笑う赤い顔が描かれていた。これまでとくに注意して見たことはなかったが、コロンバには滑稽というよりも恐ろしく感じられた。斧は事件の凶器を表わしているのかもしれない。だが、なぜ王なのか。

カードをトミーのほうに向けたが、彼は見なかった。「あなたの家に押し入ったのは髪の長い男だったの？　それともおかしなベレー帽をかぶっていたとか？」

トミーは首を振った。

「お金を盗んで逃げた？」

またしても違う。

コロンバがさらなる問いに頭を絞っているところにルーポが入ってきた。彼は、ノックをしたんですが、と言い訳がましく言った。どうせ返事はないと思っていたのだ。「法医学者が彼に会いたいそうです。連れてきてほしいと……」

トミーはまるで電気ショックを与えられたかのようだった。ベッドから飛び降りた拍子にナイトテーブルが引っくりかえり、カードがベッドカバーごと宙を舞う。彼は顔を壁に押しつけ、両手を後ろで組んで目をつぶったまま動かなくなった。身体を激しく震わせ、苦しげに息をしている。

ルーポは部屋の入口に呆然と突っ立っていた赤毛の顔の前で指を鳴らした。「起きろ。法医学者を呼んでくるんだ。若造が発作を起こしたと」

コロンバは自身も同じ発作を起こしかけているような気がした。トミーと同じくらい身体が震えている。

まさか、そんな……。

だが、あの物置小屋で彼がまさにこんなふうに反応するのを見なかったか。あのときは理解できなかった。彼の顔が見えなかったから。けれどもいまは……。

トミーは身体をぴたりと壁にくっつけてうめいていた。まるで壁を通り抜けようとしているかのように。大きく開いた口からは、よだれが滴り落ちている。コロンバはやっとのことで足を踏み出すと、トミーを背後から抱きしめ、しばらくそうやって一緒に呼吸をした。

「大丈夫、トンマーゾ。ここは安全だから。あなたは勇敢な息子だから」耳元でそっとささやく。

あえて〝息子〟という言葉を用いた。口の中が焼けつくようだったにもかかわらず。ふいにトミーが緊張を緩め、コロンバにもたれかかってきた。かと思うと、身体を揺さぶりながら散らばったカードを集め、マーク別に数字の順に並べはじめた。

そうこうするうちに、赤毛のカラビニエーリが灰色のあごひげを生やしたスリーピーススーツ姿の男を連れて戻ってきた。六十歳は超えていないだろう。伊達男のような法医学者だ。

「お願いです、皆さん外に出てください」毅然と言う。「次回からは、医師の許可を得てから彼に接するように。わたしの許可を」

コロンバは〝お願い〟と同時に部屋を出ていた。ルーポが廊下で追いつく。「あそこまで怯えさせるつもりはなかった。これまではわたしの顔さえ見ようとしなかったんです」

「驚いたんでしょう。わたしには何とも。医者に訊いてください」コロンバはそっけなく言って歩を速めた。

「トミーの状態に問題がないようでしたら、もう一度試してみることもできます。あいかわらず非公式にですが」

「けっこうです」

「なぜ？」

「もうこれ以上、お役に立てないからです、准尉。あなたがいくら自白させたくても、わたしには話さないでしょう。だからわたしには調書を作成できない。でも、それだけではなくて、わたしには彼がやったとは思えないんです」

ルーポをよけて通ろうとしたが、彼は前に立ちはだかった。「あなたもあの家を見たはずだ。服も、手の跡も……」

「どいてください」

「彼が怯えているのはわかる。でも、なぜあなたが？」

「怯えてなんかいない。あなたのせいで時間を無駄にして、イライラしているだけです」

「嘘が下手だ。あの若造はあなたに何を言ったんです？」

コロンバはルーポをかわして車に乗り、彼がボンネットによじ登って止めるかもしれないと身構えたが、何ごとも起こらなかった。メッザノッテへ向かう市道に出るとアクセルを踏みこみ、アスファルトに機関銃のごとくチェーンの音を響かせる。何度かタイヤが横滑りして、トラックと正面衝突しそうにもなったが、そのたびにハンドルを右に左に切ってどうにか体勢を立て直した。運転している感覚はなく、かろうじて良心のかけらに導かれた無意識の動作だった。頭の中は三年前に遡《さかのぼ》っていた。

当時、いまよりも若かったコロンバは、ローマ郊外の田園地帯で錆びついたコンテナを目の前にしていた。十個のコンテナが置かれていたのは、枯れ枝におおわれた古い農園の作業場だった。特殊部隊が付近一帯を封鎖し、爆弾処理班がコンテナの開口部を密封していたプラスチック爆弾を取り除いた。コンテナが開けられると、太陽の光が監禁されていた少年たちの目をくらませた。上は二十歳から下は六歳まで、ほぼ全員がひどい健康状態だった。なかにはよろめきながら逃げ出そうとして倒れた子どももいたが、ほとんどはそれぞれの独房にじっと留まっていた。彼らは、自分を神だと信じている男の意志に従わされていたのだ。男は三十年間、誰にも妨げられることなく行動し、子どもたちを誘拐し、殺し、ケージ飼いの鶏さながらに育て、彼らの頭脳に至上命令を刻みこんだ。それに背けば罰として死が待っていると。

ぜったいに外を見てはならない。

開口部が開けられる際には、彼らは最も近い壁のほうを向き、両手を背中の後ろで組んで、ひたすら壁を見ていたにちがいない。

トミーのように。

状況も時期も不明だが、ダンテと同じくトミーも父親《パードレ》に監禁されていたのだ。

第二章

1

パードレはこの箱の中にいる。すぐ隣に息遣いを感じる。自分をあざ笑うささやき声が聞こえ、触れられるのを感じる。ダンテは逃げることができず、身体の向きを変えることもできない。箱の蓋《ふた》は額から少しばかり離れている。そうでなければ、頭を打ちつけて命を絶っていただろう。口を閉じていなければ、殺してくれと懇願し、みずから血管を歯で嚙み切っていただろう。

なぜ死ねないのか？　信じてもいない神に祈る。ここに雷を落としてくれ。ぼくを殺してくれ。頭の中の叫び声が耳をつんざき、身体が震えてよだれが垂れる。

意識を取り戻してからどれくらいになるのかはわからない。平静に近い状態を保てるようになってから。パードレはもうここにはいない。ぼくの命を救うためにコロンバが殺した。

十三年にわたってパードレに監禁されたクレモナ郊外のサイロのことは、できるかぎり考えないようにしていた。だが、いまはそうも言っていられない。少なくともあのときは排泄物を入れる手桶があった。こんなふうに失禁用のおむつを当てられるのではなく——ダンテは自分の身体に触れたときに、その状態に気づいた。

一時は取り戻したかに思われた落ち着きが少しずつ消え、自分の中によだれまみれの愚か者が姿を現わすのを感じる。独学で学んだ瞑想《めいそう》の基本形に集中する。いままではもっぱら薬の禁断症状が出たときに行なうのみだった。落ち着きや心身の健康に結びつけたイメージを思い浮かべる——〝ぐでたま〟を。ぐでたまというのは日本のアニメのキャラクターで、手足のついた卵の黄身だ。うたた寝をしたり、世の中に対して不満をこぼしたりする。座禅の師家《しけ》が勧めるようなものではないが、ダンテは選択の自由を信じている。ぐでたまは効果を発揮し、ダンテの呼吸が落ち着く。ぐでたまが箱の穴をぶるぶるぐでぐでで通り抜け、蓋に寝そべって外の空気を吸っているところを想像する。自分にもできる。必死にがんばれば。自由はほんの数センチ向こうにある。

これまでの人生は、錠と鎖から自由になる方法を研究することに費やしてきた。パードレがふたたび自分を捕まえに来るかもしれないという恐怖と戦いながら。南京錠は口にくわえたヘアピンで開けられるし、拘束服は肩関節を脱臼《だっきゅう》させて脱ぐことができ、金属製の手錠は衝撃を与えると外れる箇所を知っている。プラスチックの手錠はもっと簡単だ。ダンテの左手——傷ついたほうの手——は類を見ない怪我のコレクションと言える。中手骨《ちゅうしゅこつ》は完全に繋がっておらず、おかげで曲げやすく縮めることもできる。左手を強引に引き抜くと、プラスチックが肉を引き裂く。ぐでたまが揺れ動き、文句を言う。ダンテはふたたびぐでたまを寝そべらせる。傷ついたほうの手でもう一方の手を解放し、両手で両足首を自由にする。最後に口枷《くちかせ》を外す。それは首の後ろのバックルで留められていた。見るとSMグッズで、〃奴隷〃の叫び声を抑えるために口にくわえさせるゴムボールだった。こんな姿をコロンバが見たら、どんな反応を示すだろう。あれほど……古風な考え方の彼女が。コロンバが恋しい。が、彼女のことを考えるのが怖かった。そのたびに血が噴き出す腹を押さえ、ショックと苦痛で目を見開いた姿が脳裏によみがえる。どれだけ時間が経っているのかはわからないが（数時間？　数日？）、コロンバが自分を誘拐犯から守ってくれなかった、ワンダーウーマンのように悪者たちをぶっ飛ばさなかったことはいまだに理解できなかった。コンサルタントとして行動をともにするうちに、ダンテは彼女を信頼するようになっていた。彼女がそばにいると安心だった。守られているように感じた。

惹かれていた。

だが、過去を振りかえっても助からない。ダンテはこの限られた――かろうじて自分よりも大きく、網目まで三十センチほどしかない――空間で、できるかぎり身体をほぐす。金網を押してみるが、蓋はびくともせず、軋む音さえ立たない。

墓石のように。

そう考えたとたん、ぐでたまが消える。両手と額で木材を叩くと、やがて血が目に滴り落ちて何も見えなくなる。気を失い、意識を取り戻したときには口の中に嘔吐物の味を感じる。すっかり頭がおかしくなってしまわないうちに、ここから脱出しなければならない。

無傷のほうの手をさすって感覚を取り戻すと、その手を頭上の蓋の端に沿って這わせる。蝶番《ちょうつがい》も動く部分もない。蓋は外側から固定されていた。

ダンテは覚悟を決める――開ける方法がすぐに見つからなければ、血管を切ろう。口枷のバックルについている長さ数センチの鋭いピンを使えばいい。みずから命を絶つことを考えると、なかば錯乱状態の精神が奇妙にも高揚する。ネズミのように惨めに死ぬのではない。時間はかからず、それほど苦しまずに済む。

だが、その前にやるべきことがある。箱の底に手を伸ばすと、ふと何か妙なものに触れた。木についたいくつもの丸い跡、鉛筆の頭の消しゴムほどの大きさだ。そのひとつを爪で押し、小さな木の栓《せん》を飛ばす。すると、その下には……。

まさか。またしても夢を見ているのだ。だが、片手での数えきれない経験によって鍛えられた指の感覚は間違えようがなかった。

穴の中には色付きのネジが一本ある。手品師が〝ボルトとナット〟のマジックや二重底を留めるのに使うようなものだ。一見、外側のナットに固定されているようだが、じつは仕掛けがあった――ネジ山がある側は頭の部分が溶接されておらず、ただ押しこまれているだけだ。したがって、ナットに触れずに抜き取ることができる。さっそく試してみると、爪の下でネジが回るのを感じた。木が軋み、底と壁のあいだの隙間が広がる。ダンテはネジを外し、箱の四面に隠された他の三本のネジも同じように外す。すると底が外れた。

両脚を骨の浮き出た胸に引き寄せ、思いきり足で底を押す。重い木箱が頭上に持ち上がり、埃と草のにおいがする新鮮な風が吹きこんでくる。疲弊《ひへい》した神経と筋肉のかたまりと化して外に抜け出すと、木箱は虚空に鳴り響く音とともに落ちる。混乱した頭のまま叫び声をあげておむつを剥ぎ取る。冷たいコンクリートの床の上を転がる。

けれどもすぐに我に返り、やっとのことで立ち上がる。怒りに燃えつつ、ふたたび自分を閉じこめようとする者がいれば、いつでも飛びかかれるように。暴力は憎んでいたが、必要なら爪や歯を武器にするつもりだった。むしろ、そうしたかった。レオ・ボナッコルソと名乗っていた男の顔を思い浮かべ、げんこつを食らわせて、あのにやけた笑いをかき消すところを思い描く。穴蔵に閉じこめ、同じ薬を味わわせてやることを。しかしその前に、いったい何の目的で自分を手品師の木箱に閉じこめたのかを問いただすのだ。こんな目に遭わされたのはぼくだけなのか？　残忍な遊びなのか？　床からケーブルの切れ端を拾い上げる。バナナくらいの太さで、長さはその倍だ。かじってみようかと思ったが、痛そうだった。

周囲には誰もいない。そこは長方形の倉庫で、長いほうの壁は百メートルほどあり、屋根は太いコンクリートの柱で支えられている。木箱の中から見えた明かりは汚れた天窓のガラスを通って屈折した月の光で、いまは空の明るさから判断して日が暮れたばかりのようだ。何もかもが古くみすぼらしい。木の枝が窓ガラスを突き破って中まで伸び、床は蔦《つた》や枯れ葉でおおわれている。聞こえるのは夜行性の猛禽《もうきん》類の鳴き声と風の音だけ。それ以外には車の音も、人の話し声や発電機の音も、とにかく文明にまつわる音はいっさい聞こえてこない。そして、におい。どこか違和感がある。ヴェネツィアは潮や揚げ物、煙草、海草のにおいがした。この場所は自然とプラスチック、昔の火事のにおいがする。人間のにおいは感じられない。自分を除いて。

ダンテは『トリフィドの日』（イギリスの作家ジョン・ウインダムが一九五一年に書いた破滅がテーマの長篇ＳＦ小説）を思い浮かべた。『Ｚネーション』（二〇一四年に放送が開始されたアメリカのゾンビドラマ・シリーズ）も。ひょっとしたら木箱の中にいるあいだに大災害が起きたのかもしれない。脳をフル回転させて考えてみると、まったく正気なのもいいことばかりではないと気づく。大人になってからというもの、気分も症状もつねに薬でコントロールしてきた。それだけに、いまも血中に化学物質の痕跡が残っているのがわかる。抗精神病薬か、おそらく何らかの鎮静剤だろう。月明かりが最も明るい場所に移って身体を調べる。腕の血管が拡張し、切れた毛細血管や血腫《けっしゅ》がある。静脈注射の跡。眠らされたのだ。

どれくらい？

まばらに生えたやわらかなあごひげに触れる。ほんの数日分だ。だが、眠っているあいだに剃られた可能性もある。パニックが脈打つ。ダンテは異様な状況を忘れ、倉庫を閉ざしている剝がれ落ちた金属製のドアのほうへ無我夢中で駆け出す。無傷のほうの手でドアに触れた瞬間、押しても開かずに、死ぬまで閉じこめられるさまを想像する。

ところがドアは蔓《つる》を引っかけながら開き、ダンテはコンクリートの広い中庭の真ん中に出た。そこは軍事施設の廃墟だった。冷戦時代のソヴィエトの様式を思わせる建物もある。奥のほうに、見たこともないような建築物がそびえ立っていたが、ダンテにはすぐにわかった。ほぼ想像していたとおりだった。あるいは夢で見ていたとおりだ。この場所はさまざまな名前で呼ばれていたが、囚われている者たちにとって呼び名はひとつしかなかった。

〈箱《スカートラ》〉

2

コロンバの運転を見守っていた幸運の女神は未舗装の道の最後のカーブでそっぽを向き、パンダは家の手前にある氷の張った用水路に鼻から突っこんだ。彼女はハンドルに顔をぶつけて唇を切り、はっと我に返った。アグリツーリズモからの帰り道のことはほとんど記憶になかったが、背筋がぞっとするような感覚は残っていた。

でも、何に対して？

パードレは死んだ。彼に監禁されていた者のうち、生き残っているのはダンテも含めて十一人だけ。そのなかにトミーは入っていない。

本当に？

パードレについては、いまだに全容は明らかになっていない。それどころか、ほとんど何もわかっていなかった。彼は自身の行為の証拠を残さずに死に、現在判明している唯一の共犯者、テデスコは三回の終身刑に服しているが、口は閉ざしたままだ。まだ発見されていない別の監禁場所があり、そこに誰かが閉じこめられていた可能性はゼロではあるまい。

コロンバは窓拭き用の雑巾で唇を押さえ、寿命を迎えた車を乗り捨てた。凍てつく風と戦いながら家に入り、傷の手当てをしてから紅茶を淹れる。熱い液体が傷口にひどくしみた。

トミーの怯えた目つきが脳裏を離れなかったが、ひとまず、より現実的な問題に集中することにした。たとえば窓ガラスをおおいつつある霜や、ソファから立ちのぼる湿った冷気の問題に。

どうするの？　やっつけるか、それとも凍え死ぬか。

後者にそそられたが、結局は前者を選んだ。鋤《すき》を手に薪小屋の掃除に向かい、ちょっとした雪崩《なだれ》に見舞われながらも、工具箱から刃と柄が鋲で固定された古い斧を取り出した。物置小屋の陰でトミーが震えているような気がした。不恰好な身体を壁に押しつけて。コロンバは亡霊を締め出すかのように扉を閉め、薪割りを始めた。時間のかかるつらい作業だった。刃こぼれのせいだけでなく、斧を二回振り下ろすごとに手を止め、耳を澄ましていたからだ。周囲の物音を聞き逃すことが不安だった。今日のところは、現実にしろ想像上にしろ、これ以上侵入者は現われないとわかっていたにせよ。

頭では。

パードレは死んだ。この世にゾンビがいるとは思えない。仮にトミーもあの気の触れた年寄りに囚われていたとしたら、そのせいで家族が虐殺された可能性は否めない。事件の状況を考えれば、むしろそう解釈するのが妥当だろう。発生現場の惨状を考えれば。

トミーはひょっとしたらドキュメンタリー番組を見たか、コンテナの生存者の証言を耳にしたのかもしれない。少なくとも二、三人は話の辻褄が合い、数えきれないほどインタビューを受けていた。あるいは、単なる偶然か。

これまで話題にものぼらなかったパードレの被害者が、自分の家から三キロのところで暮らしている可能性はどれだけあるのか。ルーレットで勝っているときに落雷に遭う確率のほうが高い。

だが、トミーの部屋はまさしくパードレの監禁部屋のようだった。それにあの写真。

手押し車に薪を積んでキッチンに運んだが、暖炉に火を入れるのは薪割り以上に骨の折れる仕事だった。煙突は詰まっているうえ、新聞紙の焚きつけはすぐに消えてしまう。しまいにコロンバはしみ抜き剤を吹きかけることにした。すると大きな音とともに火が燃え上がり、あやうく眉が焼け焦げるところだった。

こっそり持ち出したトミーのタロットカードをポケットから取り出し、バスルームの鏡に差しこんだ。王、金持ち、リーダー……。理解するには、もう一度トミーと話す必要がある。

ポケットには彼の精神科医の住所が記された紙の切れ端も入っていた。ここからそれほど遠くない。

自分自身と、ちっとも回転をやめようとしない頭に悪態をつくと、コロンバは電話回線が復旧したのを確かめてタクシーを呼んだ。

3

ドクター・パーラの診療所は、七世紀のベネディクト会修道院からほど近いサン・ロレンツォの高台にあった。オーク材と真鍮のドアを開けたのは、カクテルスーツを着たアフロヘアの黒人女性だった。薄暗いロビーは天井にフレスコ画が描かれ、パチョリの香りが漂っている。

濡れた犬のにおいがするパーカーをはおって入口に立っているコロンバを見て、女性はにっこりした。「こんにちは。さあ、どうぞ。お名前をおっしゃってください。予約を確認します」

「予約はしていません。先生とお話がしたいんです。十分ほどで構いませんので。カセッリといいます」

「あいにく患者さんが待っているので……」

「トンマーゾ・カラッバの件です。トミー、あるいはメラス。どの名前で登録されているかは知りませんが」

秘書はコロンバを値踏みするように見つめる。「メラス……ほかに心当たりは?」

「ありません」

コロンバは待合室に通された。小さな革のソファが置かれ、デ・キリコの銅版画が二枚飾られた薄暗い応接間のような部屋だった。数分後、診察室から六十がらみの大男が出てきた。長い髪は白く、首から眼鏡をぶら下げている。セーターとズボンは黒で、同じく黒いビーチサンダルを履いた素足は爪の手入れも完璧だった。「どうぞこちらへ、カセッリさん」男が言った。

診察室にはプラスチックやゴムの色とりどりの家具、自然の風景のポスター、高さ一メートルほどのピノキオの人形、それに動詞〝essere（〜である）〟の活用を記した黒板があった。コロンバはレゴで作ったような小さな肘掛け椅子に座った。

「トミーは元気ですか？」パーラは向かい側のオレンジ色の安楽椅子に腰を下ろしながら尋ねた。

「はい。ですが、悪い知らせがあります。昨夜、彼の両親が殺されました」

パーラは呆然とした。「何てことだ。犯人は？」

「カラビニエーリはトミーの犯行だと考えています。でも、わたしも彼に会いましたが、そうは思えません」

「あなたは親族の方ですか？」

「元警察官です。コロンバ・カセッリ、グーグルで検索してみてください」

パーラは椅子の背にもたれた。「その必要はありません。髪が短いせいでわからなかった。

それに、まさかここで会うとは思っていなかったから……だが、トミーはあなたのファンです、警視」

「副隊長です、しかも元」

「ということは、トミーへの関心は、仕事のためというわけではないんですね」

「ええ、もっぱら個人的に」

パーラはかぶりを振った。「五分いただけますか。いくつか電話をするので。そのままお待ちいただければ」彼は受付嬢のカテリーナに次の予約をキャンセルするよう頼むと、デスクからバニラ風味の細巻き葉巻《シガリロ》の箱を取り出した。「いかがですか？」

「けっこうです」

パーラは窓を開け、葉巻に火をつけた。窓の向こうに広がるのは修道院の回廊付き中庭《キオストロ》のように建物に囲まれた中庭で、冷たい風が吹きこんできたが、医師は意に介していない様子だった。「どんな状況で殺されたんですか？」一瞬ためらってから尋ねる。

「就寝中に撲殺されました」

パーラは少しのあいだ黙って葉巻をふかした。「ばかげているのを承知で訊きますが……苦痛は感じたんでしょうか？」

「おそらくすぐに意識を失ったでしょう。目を覚ましたとすれば」

「ふたりが自室にいたのなら、トミーの領域に侵入していたわけではない……」

「そのとおりです」

「それなら、彼だとは思えません。彼は自閉症で、怒り発作はトリガーがなければ起こらない。もちろん、ふたりの取った何らかの行動をトミーが脅威と解釈した可能性はあります。だが、個人的にはそれはゼロだと思う――母親は息子の扱い方を心得ていました。したがって別の人物でしょう」

今回の事件に対して独自の信念を抱くルーポなら、このような状況分析は認めたがらないにちがいない、とコロンバは考えた。だが、結局のところ自分も警察官だったらパーラの意見には納得しないだろう。「犯人の心当たりは？」彼女は尋ねてみた。

「その前に、個人的な関心とやらについて説明していただけますか？」

「今朝、トミーがわたしの家まで走ってきたんです。両親の血がついたままだった」

パーラは困惑の表情を浮かべた。「モンテニグロに住んでいるんですか？」

「いいえ、メッザノッテです。ヴァルフォルナイ通り」

「トミーはひとりでは外出しない。母親がここまで付き添って来ることができずに、わたしが出向くこともしょっちゅうだった。広い空間がきわめて苦痛なんです。それだけの距離を走るのは、さぞ怖かったにちがいない」

「たしかに」

「彼に会わなければ……面会させてもらえますか？」

「司法官と裁判所が任命する専門家次第でしょう。いずれにしても、彼に意思能力がないことを証明する必要がありますから」

「意思能力はあります。ただ補助が必要なだけで」パーラは不満げに言った。「本来は患者についてあなたに話すべきではないのだが」

「もちろん強制はできません。彼は捜査を早く終わらせたがっています」

「もちろん強制はできません。でも、言っておきますが、もうじきわたしの代わりに准尉が来るはずです。彼は捜査を早く終わらせたがっています」

「あなたは同僚をあまり信用していないようですが」

「元同僚です。トミーを守りたいのであれば、彼らの質問には答えずに弁護士に相談してください。捜査令状が出るまで、もうしばらくかかります。それに、ひょっとしたら新たな事実が判明するかもしれません」

「何に関して？」

コロンバは首を振った。「わかりません。とにかく協力してもらえますか」

パーラは窓の下枠でシガリロを消すと、ふたたび腰を下ろした。「質問は交互にしましょう」

コロンバは聞き違えたかと思った。「はい？」

「わたしはあなたを知らないし、信頼できるかどうかもわからない。あなたのせいでカラビニエーリと面倒なことになったり、トミーの身に問題が起きたりするかもしれない。だから、互いにひとつずつ質問をしていきましょう。答えても答えなくても。そうでなければ、ベルトに差しているその銃でわたしを脅すか」

コロンバはセーターの裾がめくれ、拳銃のグリップが見えているのに気づいた。彼女は裾を直した。「許可は得ています」

「だといいのですが。さあ、あなたからどうぞ。何が知りたいんですか？」

「いつからトミーを診ているんですか？」

「七カ月前からです」

「その前は？」

パーラはにやりとした。「わたしの番だ。トミーが無実だと考えているのは、彼が怯えているのを見たからですか？　それともほかに理由が？」

「無実だとは考えていません。次はわたしの番です」

「ストップ。いまのは答えになっていない」

コロンバは彼をにらみつけた。「自分の都合でルールを決めないでほしいわ。仮にトミーが犯人かもしれないと疑っているとしたら、その疑いを晴らしたいんです。先ほどの質問に答えてください」

「メラス一家はもともとここに住んでいなかった。八カ月前にギリシャから移ってきたんです。母親には息子を専門医に診せる余裕はなく、ギリシャの公的機関を利用していました。次はわたしだ。なぜわざわざ首を突っこむんですか？　義務感から？」

「罪悪感です。これ以上苛《さいな》まれたくないんです」それだけ言うと、コロンバは口をつぐんだ。他人に心を開くのは苦手だった。「トミーの状態を見て、彼が深刻な虐待を受けていたかもしれないと考えましたか？」

「つまり性的虐待ですか？」パーラは警戒心をにじませる。「その可能性があると？」

「質問に答えていません」

「厄介な問題だからです」一瞬考えてからパーラは言った。「自閉症者が虐待を受けると、多くの場合、自分の頭を叩いたり指を嚙んだりといった自傷行為の悪化が見られます。しかし、仮にここに来る前に虐待があったとしても、わたしには見抜けなかったでしょう。ちなみにあなたの場合、虐待やトラウマを乗り越えるのに誰の力を借りているんですか？」

「誰の力も。トラウマはありません」コロンバは慌てて言った。「トミーには傷跡や何らかの痕跡があったんですか？」

「いつもセーターを着ていたので。少なくとも腕にはなかった。次はわたしの番だ。あなたはトラウマはないと言った。にもかかわらず、一見してそうではないことがわかる」

「それが質問ですか？」

「いや、質問はこうです──そのチャーリー・ブラウンのパーカーをいつから着ていますか？」

「なぜそんなことを？」

「答えてください。あるいはパスするか」

「覚えていません。本当に」

パーラは眼鏡をかけてじっと見つめた。「襟の汚れから判断して、一週間といったところでしょう。身なりに構わず、睡眠不足で、ろくにシャワーも浴びない。あなたがそんな生活をしていたとは思えない。ヴェネツィアの事件の前は」

コロンバは緑の目をぐるりと回してパーラのデスクに肘をついた。「いいですか、昨晩は燃料切れで、ふだんはほとんど人に会いません。だから、たしかに多少は身なりが乱れています。でも、わたしはトミーを助けようとしている。あなたにその気がないのなら、余計な口出しはしないでください」

パーラは背もたれに背中を張りつけた。「あなたがこれほど感情的な人だとは思わなかった」

「そうじゃなくて、単に、他人に頭の中を詮索されるのが大嫌いなんです。で？」

「知りたいことは何でも訊いてください」パーラはため息をついた。「訊かれたこと以外は何も言わないようにしましょう」

「トミーの両親はどんなタイプでしたか？　単語だけで答えるのはやめて」

「父親には判断できるほど会っていません。トミーをここに連れてきたり、わたしが自宅へ行ったときに応対したのは母親だったので。母親はそこそこ幸せそうだった」

「それは何より」

「本当に夫を愛していたのか、それとも生活を救ってくれたことに感謝していただけなのかはわかりません。いずれにしても、ひとりで息子の面倒を見るのは大変だったはずだ」

「どうしてここに越してきたんでしょう。母親は地元に帰りたくなかったんですか？」

「わたしには何とも。夫がこの一帯をとても気に入っているとは言っていましたが。実際、いつも森に出かけて鳥や植物の写真を撮っていたようです」

「仕事はしていなかったんですか？」

「ええ、年金暮らしでした。遺産があるのかとも思いましたが、詳しく聞いたことはなかった」

「金持ちなら敵を作っていたかも。あるいは妻が浮気をしていたとか」

「ふたりとは個人的な付き合いがあったわけではないし、そうした話題が出ることもありませんでした」

「メラスとトミーの関係はどうだったんですか？」

パーラはまたしてもためらいを見せた。「まだ慣れていないように感じました」

「怒鳴りつけていたとか？」

「いや、それはない。ただ、ふたりが愛情のあるやりとりをしている姿は見たことがありません。母親と違って」

コロンバは立ち上がった。「ありがとうございます。わたしがここに来たことを准尉には黙っていていただけると助かります」

「心配無用。職業柄、守秘義務がありますから。でもコロンバ……連絡を待っています。誰かと話したいときには、わたしがいる。ただし、次回は拳銃を秘書に預けていただけるとうれしい。どうにも落ち着かないので」

「なぜそんなにわたしの精神科医になりたがるんですか？」

「ひとつにはエゴイズムもある。トミーのせいで、はからずもあなたのことを考えざるをえなかった。そして、あなたがどれほどの恐怖を味わったのかを想像した。あなたは悪を目の前にしたでしょう、コロンバ。それは、わたしのような仕事をしている者にとって、理解したくてたまらないことなんです」

「わたしの頭の中を覗きこんでみたいだけでしょう」

「違う。知りたいと思う以上に助けたいんだ。あなたには助けが必要だ。あなたが義務を果たすためにどれだけ苦しんだか知っている。少しは安らぎを得てしかるべきだ」

わたしの精神状態なんてどうでもいい、と言いたかったが、喉が詰まって言葉が出てこなかった。あごが震え、口の両端が下がる。いまにも泣き出しそうだと気づいて恐怖に駆られた。この人の前ではだめ。

「苦痛が存在しないと思いこもうとしても、余計にひどくなるだけだ。気づかないふりをしても消えはしない」パーラは続ける。「むしろ一生和らぐことはないだろう」

コロンバは顔に手を当てた。手も震えていた。「そんなふうに言ったって、騙されないわ」息を弾ませて言う。だが、それならわたしはなぜ出ていかないのか。

「カテリーナと話して、次回来院する日時を決めてください。生き延びたのはあなたのせいではない」

コロンバは逃げるように立ち去った。取り乱したところを見られないように。

4

　コロンバは通りの角で一時間ほど待ち、やっと捕まえたタクシーで家に帰った。寒さのおかげで平静を取り戻し、泣きたい衝動も徐々に収まった。それがせめてもの救いだった。というのも、家に着いてみると、母親が玄関のドアの前に袋や箱を山積みにしていたからだ。小柄で青みがかったグレーの髪の母は六十を超えたばかりだ。「どこにも行かないくせに、わたしが来たときにはいないんだから」口を開くなり文句を言う。

「次は電話して」思った以上に厳しい口調になった。

「予約を取れっていうの？　さあ、手伝って」母は娘の唇が腫れているのに気づいた。「どうしたの？」

「ハンドルにぶつけたの」コロンバは用水路に突っこんだパンダのなれの果てを指さした。

「どおりでうちの車に似てると思った」母が言った。「レッカー車を呼ばないと」

「言われなくてもわかってる」

　コロンバはりんごの箱を持ってキッチンまで運び、そのあとに袋を抱えた母が続いた。

「凍えそうだわ」

「ボイラーが壊れてるの」

母は冷蔵庫を開けると、傷んだ食べ物を取り出しては、シンクの下に並んだ半分ほど中身が入っている黒い袋に放りこんだ。「まったく何なの、これは……」

「いますぐ帰れば悪天候を避けられるわ」コロンバは早くも我慢できずに言った。「また雪が降り出すそうだから」

「一緒に家に帰るつもりがあるんじゃないかと思ったんだけど」

「ここはわたしの家よ」

「お父さんが生きていたころは寄りつきもしなかったのに、いまは離れないのね」

「昔はほうれん草が嫌いだったけど、いまは食べる」コロンバは右腕を曲げた。「見て、この筋肉」

「やめて」

「帰る前にトイレに行っておく？　水が飲みたい？　神の加護を祈る？」

母は冷蔵庫のドアを閉めた。「わかったわ」震える声で言う。「わたしはよい母親でいようと思っている。でも、あなたがそれを望んでいないのならどうすればいいの？」

「何もしないで。わたしは大人よ。クレジットカードも拳銃も持っている。銃はひとりで抜けるわ」

母はトイレットペーパーをちぎって目を拭いた。「それで、ダンテが現われるまでずっと待ってるつもり？」

「もし現われたら？」コロンバは食ってかかった。

「もう一年もここにいるのよ。何もせずに」

「だから？」

「彼はもう死んだの。みんな知ってるわ」

「もういい」コロンバは叫んだ。「帰って」

母は意地になってテーブルの前に座り、コロンバは、いまなお自分を気にかけてくれる唯一の人間に対してかっとなってしまったことに困惑した。

残りの食料品を冷蔵庫にしまうあいだ、口うるさい言葉にはいっさい耳を貸さず、母は三十分ほど不満を並べ立ててからローマに帰っていった。ひとりになると、コロンバは除光液を薪に振りかけて暖炉に火をくべた。健康に悪そうな緑の炎が火炎瓶のごとく燃え上がったが、今度は後ろに飛びのいて事なきを得た。

もう一年もここにいるのよ。何もせずに。

換気扇が熱い空気を外に出すのを待ってから、一階の浴室で湯沸かし器の湯を洗面器にためて身体を洗った。六〇年代の侘《わび》しいモーテルのような浴室では、ロココ様式の大きな鏡に映った自分の姿が嫌でも目に入る。退院してから数キロは増えたものの、まだ使い物になる身体ではない。刺された腹部の上には手術の跡が赤く目立ち、胸は一サイズ落ちた。そっと触れてから、すぐに手を引っこめた。その胸を最後に揉みしだいた人物を思い出すからだ。だが、記憶はすでに導火線となり、背後にいるレオの姿が脳裏によみがえった。ヴェネツィア行きの列車の鏡に映った彼の顔が。自分たちの人生でおそらく究極の愚行を働く前に、ふたりでトイレにこもったときの。

いまだに自分の身が汚れているような気がした。

一年間何もせずに。

コロンバ自身はそう思っていなかった。多くのことをした——つねに嘆き、自分を憐れんでいた。紛れもないプロとして。そして何も起こらない、誰かと話したりどこかへ出かけたりする必要のない灰色の世界を築いた。あらゆることに少しは耐えられるようになった小さな世界を。

少なくとも今朝までは。トミーが現われて悲劇と奇妙な状況をもたらすまでは、現実の場面でことあるごとに心地よい灰色の世界に入りこみ、そこから出ようとしなかった。

キルトにくるまり、部屋のひどい散らかりようには目を向けずに、硬くなったフェッテ・ビスコッターテを二枚食べる。どこもかしこも物だらけだった。汚いもの、きれいなもの、本、食べ物の箱。二階に上る階段はクモの巣や昆虫の死骸でおおわれ、ベッドはもうずっと整えていない。かならずしも毎晩ベッドには行かず、ソファから動けないときもある。バスルームの床で寝たこともあった。理由はわからなかった。けれどもいまは、あいかわらず眠りが何時間も訪れないことはわかっていた。

キッチンの引き出しを探しまわると、表紙に花の絵が描かれた小学生用の古いノートを見つけた。父の字で、市場で買う菜園用の種が列挙されている。無事に蒔《ま》くことができたのか、それとも心臓発作を起こした春だったのかはわからなかった。

コロンバは白紙のページを開くと、ずいぶん久しぶりに供述調書を作成しはじめた。

5

コロンバが記憶を頼りにパーラとの会話を書き起こしているあいだ、三百キロ離れたローマのサン・ヴィターレ通りでは、機動隊隊長のマルコ・サンティーニが、県警本部六階の長い廊下に漂う悪臭に耐えかねて鼻をふさいでいた。においの原因は詰まったトイレで、トイレが詰まったのは、廊下が対テロ作戦で拘留された者たちの収容所となったからだった。そのほとんどがアラブ人で、アフリカ人の姿もちらほら見える。母国語で叫ぶ者もいれば、連行されて泣き叫ぶ者もいた。新たな作戦を開始するたびに繰りかえされる光景だった。痛む脚を引きずりながら、サンティーニは最新の作戦名を思い出そうとしていた。〝花びらめくり〟作戦？　いや、似たようなくだらない名前だ――〝花選び〟。実際には底引き網漁であることを隠しつつ、作戦内容を正確に示すとかいう目的で。

オフィスの前に、隊長補佐のマッシモ・アルベルティがいた。軍隊で言えば伍長に相当する階級だ。三十歳、赤毛で肩幅が広く、そばかすが散らばった顔はどこか曇っている。サンティーニはついこのあいだまで快活だった青年を思い浮かべて嘆いた。だが、同僚が惨殺されるさまを目撃すれば、急激に老けこむのも無理はない。

「どうした？」サンティーニは尋

ねた。「また掃討《そうとう》作戦か？　リベンジで〝花選び〟作戦第二弾か？」

アルベルティは首を振った。

「悪い知らせなら、ちょっと待て。たっぷり三時間、労働組合に絞られてきたんだ。褒美でもなければやってられない」

サンティーニのオフィスは、歴代の機動隊隊長が使っていた角の部屋だった。前隊長は法律書と書類のファイルのあいだにコエーリョの小説の全集を置いていった。サンティーニは小説をどかすと、その奥からウォッカのボトルを取り出してちょっぴり注いでから、ショットグラスを手にデスクに戻り、家から持ってきた足台に不自由なほうの脚をのせた。「で？悲報とやらを聞かせてもらおうか」

アルベルティは悲しそうに顔をしかめた。「ダンテ・トッレの件です」

「見つかったのか？」

「いいえ。ですが、ボナッコルソが彼をヴェネツィアから運び出すのに使った船、〈クルモ号〉が見つかりました。水深二百メートルの海底に沈んでいました」

6

ミゼリコルディア・スポーツセンターの襲撃事件の直後に発生した停電によって、あるヨットクラブの警備システムがダウンし、ふたたび稼働する前に、全長二十メートルの船が沖に出た。それがクルモ号だ。目撃者の証言を総合すると、レオ・ボナッコルソはダンテを背負い、パニックで逃げ惑う何百人もの人々に紛れて爆発現場から離れた。クルモ号はすぐに自動応答装置《トランスポンダー》をオフにした。燃料タンクやエンジンの性能から考えて、しばらく中東に停泊していた可能性が考えられた。サンティーニが現場に駆けつけたときには、すでにボナッコルソは遠くにいたにちがいない。ヴェネツィアに翌日の午前二時に到着したサンティーニは、ミゼリコルディアのデッキから死者の山を見て呆然とした。

四十九体の遺体は市民保護局や遺体取扱所の布や収納袋におおわれていた。そのほとんどは四肢のいずれかを失い、顔は見分けがつかず、服は引き裂かれていた。カラビニエーリや警察官が半数を占め、残りは慈善パーティのゲストや、主催者である慈善団体〈ケア《C》・オブ《O》・ザ・ワールド《W》〉の幹部だった。上階へ続く金属製の大きな階段はボルトがいくつも外れ、軍のヘリコプターが着陸する際に軋んだ。

前日の午後十時には、サンティーニはまだ酔いが醒めず、ズボンを脱いだまま自宅のソファに寝そべっていた。内務省の高官や警察長官とともにチャーター機に乗っているあいだは、もっぱら存在を無視されていた。不興を買うことの唯一の特典だ。身分証を見せてシューズカバーを履くと、サンティーニは煌々と照らされた現場に足を踏み入れた。至るところに上着、コート、靴、ハンドバッグ、ネックレス、ブレスレットなどが散らばっていた。逃げる最中に脱げたり落としたりしたか、あるいは衝撃波で吹き飛ばされたものだろう。爆発によって直径三メートルの黒く煤《すす》けた穴ができた。そこでテロリストのひとりが吹き飛ばされ、残りは銃やナイフで人々に襲いかかったが、そのうちのふたりは射殺され、もうひとりは停泊していた船から落ちて背骨を折った。

　サンティーニはスポーツセンターの中に入った。引っくりかえった家具や踏みつけられたフィンガーフードのあいだを動きまわりながら、科学捜査研究所《RIS》の捜査班が作業を行なっていた。嘔吐物を思わせるワインやフルーツの悪臭が鼻をついた。黄色っぽい明かりは爆発時に点灯した非常灯のものだった。

　RISの捜査官のひとりが、LEDの懐中電灯で真っ暗な角を照らしながらサンティーニとともにホールを横切った。中央の大階段に民間警備員がふたり倒れていた。一方は喉仏が突き破られ、もう一方は首が折れている。RISの話では、こつを心得ている者が素手で殺したとのことだった。サンティーニは聞いていなかった。あるいは聞いていたかもしれない。そのときは脳がまったく働かなかった。

二階はやや狭く、壁沿いに柱が並び、ディスコのVIPルームのような装飾が施されていた。家具は紫のプラスチック製で、各部屋を仕切るガラスは粉々に割れている。どこもかしこも剝げ落ちた漆喰《しっくい》や埃でおおわれていた。

仕切りにもたれたスーツ姿の青年は、鋭いガラスの縁で首がほとんど切り落とされている。その前には警備担当者がふたり、うつ伏せに倒れていた。作業服組が床についた血の染みを指さして言った。「あなたの同僚はここにいました」それを聞いたサンティーニは一瞬、コロンバがその場で息絶えてくれればよかったと考えた。そうすれば、いろいろと面倒な事態も避けられただろうと。

アルベルティが側柱をノックして彼を現実に引き戻した。「車が到着しました」

「何か進展は？」

アルベルティは首を振った。「事実を確認しているだけです」

自動販売機のコーヒーが胃を焼け焦がすのを感じつつ、サンティーニは覆面パトロールカーで軍用飛行場へ向かった。フェイスマスクをつけて短機関銃を持った対テロ作戦部隊《NOA》の兵士ふたりに滑走路へ連れていかれると、そこにはエンジンを停止した海軍のヘリコプターNH90NFHが待機していた。全長およそ二十メートル、定員二十名の化け物のような軍用機には乗組員が三名。開いたハッチの横に陸軍大佐のディ・マルコが立っているのを見て、サンティーニはやや肩を落とした。この男には邪魔されたくなかったが、それが無理だということはわかっていた。年齢はサンティーニより少し上で、棒のごとくまっすぐでありながらしなやかな身体つきだ。この季節には薄すぎるローデンクロスのコートをはおり、開いた前の部分から青い軍服とネクタイが見える。ディ・マルコが手を差し出した。

「サンティーニ、脚の具合はどうだ？」

「痛みます。この化け物で行くんですか？」

「飛行機酔いしなければ」そう言って、ディ・マルコはくるりと向きを変えてヘリコプターに乗りこんだ。パイロットが彼に敬礼する。「途中でカセッリを拾っていこう」ディ・マルコは言った。「ベルトを締めてくれ」

7

午前二時、NH90はポルティコの住民の半分を叩き起こしてから病院の屋上に着陸した。戦争でも勃発して、救急救命センターの電話交換室がパンクしたのかと思った人も少なくなかった。その間にコロンバは軍用ジープから引きずり出され、職員用のエレベーターに乗せられた。屋上ではヘリコプターのローター音が細かい氷の粒を含んだ空気を震わせていた。巨大なヘリコプターは、稲光を発して吠える先史時代の怪物のようだった。コロンバは護衛の兵士の手を借りて乗りこみ、シートベルトを締めた。

空いている座席の列の反対側の端にサンティーニが座っていた。パイロットとともに操縦室にいるディ・マルコが振りかえり、コロンバはそのわずかに笑みを浮かべた顔に平手打ちを食らわせたい衝動をこらえた。ヘリコプターはすばやく――どんな民間機よりも速く――離陸し、コロンバは胃が沈むような感覚に陥った。ポルティコの街が靄《もや》に包まれた黄色い光の点のかたまりとなる。窓は氷でおおわれ、空はスレート板となり、月は小さく青白くなった。悪天候の地域を脱するなり、コロンバはベルトを外してサンティーニの隣に座った。最後に会ったときよりやつれて顔のしわが増え、フェルト状の口髭が生えている。コロンバは彼のヘッドホンを上げ、耳元で叫んだ。「あなたのお友だちは死体のことを何か言ってた？」

「いや。それに友だちじゃない」サンティーニは同じ声の大きさで答えた。そして、彼女の唇の切り傷と、すっかり痩せ細った身体に気づいた。「元気か？」

「健康な生活を送ってる。あなたは？　新しい袖章はどう？」

「うんざりだ」

「あなたもクビになればいいのに。そうすれば休める。船はどこで見つかったの？」

「キースの岩礁の話は聞いたことがあるか？」

「スケルキ海峡の浅瀬の部分でしょ」長いあいだスピアフィッシングをやっていたコロンバは答えた。

「岩礁は海面から三十センチにまで達する。クルモ号がソナーをオフにしていたか、ボナッコルソが舵を取りながら居眠りしていたんだろう。いずれにしても船は衝突して沈んだ」

「ずいぶん間抜けね」

「Quandoque bonus dormitat Homerus《クアンドークエ・ボヌス・ドルミータト・ホメールス》――ホメロスのような大詩人でも……」

「……たまには居眠りする。でも、レオは違う。発見したのは？」

「リビア海軍だ。クルモ号だと気づいて、親切にも連絡してきた。わが国がさんざん船を提供してきたおかげで、協力的になったんだ」サンティーニは煙草をくわえたが、火をつけようとはしなかった。「クルモ号はヴェネツィアから直接現場に向かった」

コロンバの顔から血の気が引く。「確かなの？」

「おれはそう聞いている」

「お友だちから」

「友だちじゃないと言っただろう。だが、信用はできる。違うか？　てっきりボナッコルソは超能力の持ち主かと思っていたが、単に航路を間違えただけだった」

　コロンバは席に戻ると、寝たふりをした。

　パンテッレリーア島の港の近くの駐屯地に着陸し、そこで海軍のタグボートに乗り換えた。遠ざかる海岸のほかは何も見えなかった。それでもコロンバは警察学校時代に過ごしたすばらしい休暇を思い出した。夜の海にきらめくチュニジアのボン岬の明かり、温泉、アフリカの草木が脳裏によみがえる。タグボートは大きな波に揺られながら進み、夜が明けるころにキースの岩礁と何艘もの巡視船が見えてきた。航海中、コロンバはずっと舷側にしがみついて吐き気をこらえていた。いまや暑さを感じるほど気温が上昇し、上半身だけ残ったイルカが岩に打ちつけられて悪臭を放っている。

　一行は海軍の潜水奇襲攻撃部隊《コムスビン》の補助艦に乗りこんだ。海上に突き出たロボットアームが何本ものケーブルで探査機を吊している。この探査機は遠隔操作で動く小さな潜水艇で、沈没船の残骸の調査や機雷の除去に使用されるものだ。

　甲板では、四名のダイバーが隊員たちの手を借りて深海用の潜水服を身に着けていた。ウインチに吊された姿は、丸い頭がついた黒い巨大な合体ロボットのおもちゃのようだった。

だが、コロンバの目にはほとんど入らなかった。不安にエネルギーを残らず吸い取られ、立っているのもやっとだった。トミーの部屋に戻りたかった。ここにいるよりは、トミーの両親の遺体を素手で埋葬するほうがましだ。けれども前日の出来事はすでに遠のき、永遠に終わりのない過去に消されてしまった。

ブリッジには、コムスビンの護衛兵のほかに戦闘服を着た将校が集まっていて、そのなかには司令官や軍医の姿もあった。彼らがディ・マルコに近づく様子から判断して、誰が一番上の階級であるかは一目瞭然だった。モニターに探査機のライトで浮かび上がったクルモ号の舷が映し出された。

「遺体はどこ?」コロンバは問いかけてから両手を握りしめた。

「反対側だ」司令官が答えた。

「身元は確認したんですか?」

「離れたところから確認できる状態ではありません」軍医が言う。

「見せてください」

「数時間後に引き揚げが始まる」

「いま見たいんです。数時間後ではなくて」

ディ・マルコは揉めごとを起こすなと司令官に命じた。ここに来るまで彼に一瞥《いちべつ》もくれなかったサンティーニは感謝の目を向けたが、ディ・マルコは気づかないふりをした。制御盤の前の兵士がジョイスティックを操作すると、映像が船舷に沿って動く。海藻でおおわれてはいるものの、船は無傷に見えた。だが、やがて船尾のスクリューが損傷を受けているのがわかった。右側のスクリューは完全に外れ、竜骨に裂け目ができていた。左側は枯れた花のように曲がっている。

「ここが衝突箇所だ」司令官が説明する。「クランクシャフトが岩礁に衝突して、船内に水が流れこんだ。ダイバーはジャッキで板金を押し広げてここから船内に入る。とりあえずズーミングしてみよう」

画面上で裂け目が広がり、ポシドニアなどの海草がはびこる無重力の世界の入口となる。テーブルや電化製品が天井からぶら下がり、マットレスとデッキチェアが水生植物や、かつてシーツやカーテンだった布きれのあいだに漂っていた。蛍光色の小さな魚の群れや軟体動物が明るい光線を避けて底面をかすめるように動き、泥の中からはガラス瓶や何だかわからない金属の器具が突き出ていた。

コロンバは息を凝らして見つめていた。映像は腐敗物の山の上で止まった。そこから緑がかった骨が飛び出している。色とりどりのクラゲが中に入った上半身の骨格だった。ライトの光に驚いてクラゲは散り散りになり、胸郭から落ちた頭蓋骨が現われた。眼窩《がんか》から細い海草が何本も垂れ下がり、瞬きをする際のまつ毛のように動いている。目のないウナギのような生物が粘液を放出しながら頭蓋骨の上を這っていた。

コロンバの歯が唇の傷口を開く。あれがダンテ？　本当に彼の哀れな残骸なの？　コロンバは制服のベレー帽を腕の下にはさんで無言で立っている軍医を振りかえった。「先生、ダンテ・トッレのカルテはご覧になりましたか？」

「ええ」

「本当にわからないんですか？　これが……」言葉に詰まる。「これが彼かどうか」

「映像で判断するのはきわめて困難です。でも、ちょっと見せてください」軍医は画面をズームした。「量的には、おそらく男性の骨です」さらにズーミングする。「頭蓋骨の縫合から判断すると、年齢は四十から五十歳のあいだだと思われます」

「トッレとボナッコルソ、どちらの可能性もあるな」サンティーニがはじめて口を開いた。

「それ以外の無数の人間の可能性も」どうにか手がかりを探そうとして、コロンバは画面を食い入るように見つめつづけた。ダンテは片方の手が変形していたが、この骸骨には両手がない。

「ソナーが役立つかどうか試してみましょう」軍医が提案した。コロンバとサンティーニは探査機がミリメートル単位で正確な3Dスキャンをできることを知った。通常は機雷で使用されるようなものだ。軍医は画面上で画像を回転させた。「この骸骨は首の部分に問題がある。第三および第四頸椎《けいつい》が変形しています」

「それによってどんな症状が？」

「痛みや、ひどい場合には脊髄の障害が発生します」

「ダンテじゃない」コロンバは安堵のため息をついた。「彼は猿みたいに木によじ登って別の木に飛びつくことができるから」

「あのクソ野郎の可能性は？」サンティーニが尋ねた。

「それもない。彼もとても敏捷《びんしょう》だった」コロンバはどうにか曖昧な口調で言った。たちまちローマのモスクの強制捜査ではじめてレオに会ったときの記憶がよみがえる。他のＮＯＡの兵士と同様にフェイスマスクをかぶっていたが、皮肉っぽいものの、どこか良識を感じさせる視線に撃ち抜かれた。あの場で彼の目をくり抜いてやるべきだった。ほほ笑みかえすのではなくて。

ディ・マルコの声に、コロンバは我に返った。「つまり、特殊部隊の別の隊員ってわけか」

「そしてその人は、神の名のもとに喜んでみずから命を絶った」コロンバは当てこするように言った。

「子どもじみたことを言わないでくれ」とディ・マルコ。「さあ、引き揚げ開始だ」

ダイバーが船体を空《から》にするには六時間以上要した。その間、コロンバはブリッジとアッパーデッキを絶え間なく行き来していた。デッキでは、ウインチで引き揚げられたトランク大の黒いポリカーボネート製の平行六面体の容器を、援軍が次々と開け、中身をより小さな無菌の容器に移し替えては目録を作成していく。船内の水も集められ、容器に番号が記された。

骸骨は最初に引き揚げられ、その後に船体の残骸、備品、航海用具が続く。やがて未開封の木箱が現われた。中身は放射性物質のような色のついた液体の入った薬瓶、試験管、ガラス瓶だった――まるでフランケンシュタインの実験室から運び出されたようだ。最後の木箱には、男性用の黒いスーツの端切れだけが詰められていた。ダンテが消えた日に着ていたのと同じものだ。同じ色の革手袋も片方入っていた。

コロンバは船縁《ふなべり》にもたれて吐いた。

8

例のごとく、彼らが迎えに来ると犬たちはいっせいに警戒した。一匹のドーベルマンがテレビドラマの時間帯に近所迷惑も顧みず吠えながら中庭に走り出し、ドクター・バルトーネは軍の傲慢な態度に悪態をついた。何しろ彼らときたら、事前に連絡してタクシーを寄越すのではなく、軽機関銃を携えて自宅やミラノ司法人類学・歯科学研究所《Labanof》にいきなり現われるのだ。ヴェネツィアの事件のあと、少なくとも月に二、三回のペースでこういうことがあった。データベースに登録されていない骨の破片や、何かの被害者の服の染みが発見されるとすぐに。司法人類学者として国防省の信頼を得ていることは誇らしい。けれども本音としては、研究所の冷凍施設に保管された何十もの名前のない死体に時間を割きたかった。彼らの名前を突き止め、家族や友人に前に進むきっかけを与えることのほうが、ディ・マルコの気まぐれに付き合うよりも大事だった。ダンテに関わることでなければ断っていただろう。だが、パードレの犠牲者に関する捜査で、硫酸と人体の一部が入ったドラム缶の分析を担当して以来、ダンテやコロンバのことが親戚のように思えてならなかった。

バルトは言われるままにコムスビンの補助艦に乗りこんだ。サーマルブランケットを肩にかけているが、寒さで身震いする。船内ではサンティーニが待ち構えていた。まるで犬のように、人間の七倍の速度で老けこんだと思わずにはいられなかった。わずか二、三年のうちに、シャツの胸元から毛をのぞかせた警察官から、脚を怪我してみるみる痩せていく年老いた親戚のおじさんといった風体になっていた。あいかわらずアイルランド製のベレー帽を鼻に届きそうなほど目深にかぶっていたが。「ご無沙汰しています、先生」サンティーニは手を差し出して言った。

「こちらこそ。煙草はあるかしら？」

警察官は煙草を渡しながら状況を説明した。ダイバーはまだ作業中で、引き揚げられた船体の膨らみにエアチューブを差しこんでいる。

「コロンバはどう？」バルトは尋ねた。

サンティーニは首を振った。「訊くまでもない」

「でしょうね」バルトは煙草の煙を吐き出した。

「残骸の中から彼女を納得させるものを見つけてくれ」

バルトは落胆してかぶりを振った。何を祈るべきか、本当にわからなかった。何も見つからなければ、コロンバに希望を持たせつづけることになる。だが、それがよいことだとは思えなかった。

ふいにコロンバがアッパーデッキに姿を現わし、バルトはどうにか笑みを浮かべた。会うのは半年ぶりだった。半年前、彼女が滞在しているクソ田舎まで軽率にも訪ねていったが、結局ほとんど言葉を交わさずじまいだった。コロンバはあいかわらず痩せて顔色が悪く、ホームレスに似合いそうなフェイクファーに身を包み、隈《くま》に縁取られた目は潤んでいた。サンティーニが彼女の肩をぽんと叩いて何も言わずに立ち去ると、コロンバはユリカモメの糞が落ちてきたかのように払った。「久しぶり」バルトは言って、汗のにおいに気づかないふりをして彼女を抱きしめた。コロンバは替えのシャツさえ持ってきていなかった。「ずいぶん痩せたわね。たまには食べてる？」

「ダンテはここにはいないわ、バルト」コロンバは何も聞こえなかったかのように言った。

バルトはため息をついた。「はっきりさせるために、できるかぎりのことはするつもりよ」

「不審な点が見つかるとは思えない。レオは頭がよすぎるから」

「沈没は仕組まれたものだと？」バルトは尋ねたが、友人の考えは訊かなくてもわかっていた。

「ええ。そうすることで捜索を打ち切らせようとしたんだと思う。自由の身になって、どんなことでもできるように」

「ねえ、コロンバ……期待しすぎるのはよくないわ」バルトは心ならずも忠告した。

コロンバが身をこわばらせる。「わたしの言うことが信じられないの？」

「お願いだから聞いて……」バルトは心から言った。「あなたは彼に対して罪悪感を持っている。彼が気の毒でたまらない。恋しい。彼を家に連れて帰るためなら、どんなことでもするつもりでいる。そのせいで物ごとが少し大げさに見える。あなたも普通の人間なのよ」

「ダンテがまだ生きている可能性はどれくらいだと思う？　パーセンテージで。正直に言って」

「統計的に、誘拐されてから十二カ月経っても何の情報も得られない場合は……」

「大雑把でいいから」コロンバは苛立たしげに促した。

「一パーセント」

「もしあなたが誘拐されたら、家に帰れる可能性が一パーセントだとしても、誰かがその可能性に賭けてくれるよう祈るでしょう。あなたならきっとそうする」

バルトはコロンバの手を両手で包みこんだ。「希望を捨てるつもりはないわ。でも、少しは休まないと。まるでぼろきれみたい。しばらくミラノのわたしの家に来ない？」

「ポルティコで片づけることがあるから」そのとき、ひとりの兵士がボートから合図した。コロンバは〝あと五分で行く〟とジェスチャーで答えてからバルトに尋ねた。「パードレの被害者はあれで全員？　どう思う？」

バルトは不意を突かれた。「とつぜん何を訊くの？　もちろんよ。どうして？」

「わたしの家の近くにある青年がいて、彼の行動が……」コロンバは言葉を切った。「何でもない。忘れて。すでにわたしがどうかしていると思ってるでしょ」

「そんなことない……あなたがどんな思いでいるか知ってるから。その青年のこと、教えて」

コロンバは船縁にもたれた。「自閉症で、わたしたちが三年前に解放した、パードレに囚われていた子どもたちと行動が似ているの」

「つまり、誰かがわたしたちの代わりに彼を解放したか、あるいは自力で逃げ出したということになるわね。彼の両親は何て？」

「ふたりとも殺された。しかも彼は重度の自閉症でしゃべらない。そう聞いて何も思い浮かばない？」

「ええ。これまでわたしが調べたかぎりでは、別の場所に監禁された人間がいる可能性を示《し》唆《さ》するものはなかった。ゼロとは言えないけれど。でも、たとえいたとしても、とっくに餓死してるはずよ」

「そうとは限らない。食事を差し入れる人物がいれば」

すぐ近くに係留されたボートがとつぜん汽笛を鳴らし、バルトは飛び上がった。「もうひとりのパードレ？」

「共犯者、仲間。ひょっとしたら複数かも……」

「ダンテの話みたいね」

「そのとおり。もっと真剣に聞いておけばよかった。ああ見えて、彼の言うことはけっこう当たっている」

「たまにドンピシャで。でも、あなたがバランスを取っていたのよ。つねに理性を保って。あなたは彼の代わりにはなれない」

「わたしは言ってみればボケのほうだった。誤解しないで」

またしてもボートから兵士が合図してコロンバの名を呼んだ。「もう行かないと。あなたも考えてみてね、記録や証拠で何か見逃していることがないかどうか。わたしの思ったとおりなら、あの青年はもうじゅうぶん苦しんできたから」

「帰ったらね……」バルトはまだ腑に落ちない様子だった。

「それから、クルモ号について何かわかったら教えて」コロンバは彼女の耳元でささやいた。

バルトは気まずそうにうなずいた。

「ぜったいよ。わたしは頭がおかしいかもしれない。それでも、いまこの瞬間、ダンテが頼れるのはわたしだけなの」コロンバは射抜くような目で彼女を見つめた。「用心して。誰も信用したらだめ。どこにいるかわからないから」

「誰が？」バルトは訳がわからず尋ねる。

「みんな」

梯子《はしご》を降りてボートに乗り移るコロンバを見つめながら、バルトは友人がすっかり理性を失ってしまったのではないかと不安を覚えた。

9

海は凪《な》ぎ、パンテッレリーア島までの航行にかかった時間は行きよりも短かった。コロンバは誰にも邪魔されずに巡視船の砲座でオンライン・ニュースをチェックしていた。二重殺人に関して、新しい情報はほとんどなかった。メラスの遺体が妹によって確認された。妹の名はデメトラといい、コロンバが出発した直後にギリシャから到着した。カラビニエーリの分署の前で撮影された映像を見ると、年齢は五十歳くらい、フェイスリフトをして唇にはヒアルロン酸を注入している。彼女に付き添っている猿のような人物は、キャプションによると、捜査を担当しているペーザロの検事代理ヴィジェヴァーニで、周囲の人間よりも少なくとも五十センチは背が高かった。

どの記事でも他の可能性については触れられておらず、家庭内の悲劇以外の筋書きを考えさせるような要素はいっさい記されていなかった。墓からよみがえった人食い鬼の仕業などとは。

島からバルトを乗せてきたヘリコプターに乗ったコロンバは、ローマのチェリオ空港へ飛ぶよう頼んだ。そこからタクシーでクイリナーレ宮殿近くのオロロージョ広場に向かう。午前三時、パジャマ姿でぼさぼさの髪をした母がドアを開けた。「どうしたの？」寝ぼけた声で尋ねる。

「別に。ガレージの物を取りに来ただけ。前もって連絡しなくて悪かったわね」

コロンバは中に入り、海賊の拳銃の形をしたフックから鍵を取った。それ以外の鍵のほとんどは覚えていないほど昔からそこに掛けられ、一度も使われていない。

「朝食を作るわ」母はまだぼんやりした様子で言った。

「胃が痛いの」

コロンバは中庭に下りて車庫のシャッターを開けた。古い服とフォーマイカの棚のあいだに、ホテルから引き取ったダンテの箱やスーツケースがあった。パードレに関する捜査の記録も保管してある。コロンバは資料やメモリースティックを古いリュックに詰め、機動隊のころに使用していて返却しないままになっていた古いノートパソコンも手にした。

家に戻ると、母がキッチンに遠慮がちに座っていた。カフェラテの香りが部屋に満ち、思わず唾がこみあげる。「コーヒー淹れる？」母が尋ねた。

「もう飲まないことにしたから」

「そうだったわね。友だちのために。忘れてたわ……」

コロンバは言いかえさなかった。また口論になるのは嫌だった。「帰る。また雪が降るって。そうしたら列車が遅れてえらい目に遭うわ」サンタ・マリア・ノヴェッラの〝ローズウォーター〟の味がする母の頬にキスをすると、コロンバは空が白んだ街を歩いてテルミニ駅へ向かった。噴水に垂れ下がる鍾乳石も、路上に残る酔っ払った観光客も、何もかもが偽物のように遠く感じる。

マルケ行きの普通列車の始発は一時間後だった。コロンバは骨まで凍えながらホームのベンチで待った。列車に乗りこむとパーカーにくるまって眠り、たまたま降りる駅で目を覚ました。空は黒々としていた。

ポルティコの入口にある自動車整備工場へ行き、自宅までの道のりはレッカー車に乗った。車内にはロザリオと口髭をたくわえた男の写真が飾られている。運転席の整備士がそのまま年を取ったような顔だ。整備士はきれいな手をしてウェーブのかかった長髪のたくましい青年だった。油と汗のにおいがしたが、笑顔が魅力的だ。彼はロリスと名乗った。「はじめて見る顔だね。ひとりでいるのが好きなの？」

「誰がひとりだって言った？」

「おれの目は誤魔化せないさ」ロリスは笑った。「仕事は？」

コロンバは道路に目を向けた。テレビ局のミニバンが雪でおおわれた牧草地をパノラマ撮影している。「年金生活なの」

「うらやましいな」

田舎家へ続く未舗装の道の最後のカーブに着くと、ロリスは車を停め、電動ウインチで用水路からパンダを救助した。「いったいどんなチェーンを使ってるんだ？」彼はめちゃくちゃになったホイールを見て言った。「何千年も前のものなんじゃないか」

「たぶん。急いで修理してもらえる？　この一台しかないの」

「もう一台買ったほうがいいんじゃないか？　中古車でも」

「そんなに使わないから。いつまでにできる？」

「きみだから、特別に最優先で修理しよう」ロリスが答えた。

「でも、知り合いでもないのに……」

「おれのレッカー車に乗ったんだから家族も同然さ」

家の中は凍えるようだった。コロンバは長靴を暖炉に放りこみ、母のヘアスプレーをライターに吹きかけて即席火炎放射器を作って火をつけた。次にソファを暖炉のそばまで引きずってくると、リュックの中身を床にぶちまけて書類を周囲に広げた。そして、ドライバーでノートパソコンからウェブカメラとマイクを外してから電源を入れ、自身の手で殺した男に関する記述を読みはじめた。

10

パードレの行動期間は間を空けてふたつに分かれている。最初は一九六〇年代末から八九年まで。この期間の被害者は、特定されているのは八名だが、イタリアじゅうから無作為に選ばれたようだった。ある子どもはローマ近郊で遠足の最中にさらわれ、別の子どもはエミリア＝ロマーニャ州のポー川で渦に呑みこまれて溺死したことにされていた。唯一の共通点は、八九年のある一日に全員が硫酸の入ったドラム缶に詰められたということだった。

二〇〇〇年から始まる第二期の資料も同じくらい内容が濃く、コロンバ自身とダンテも関わっていた。ふたりが出会ったのは、ローマの周辺地区で子どもが行方不明になった事件の捜査で、コロンバがダンテに協力を求めたときだった。ふたりは一歩ずつ真相に近づき、最終的にパードレが十人を監禁していたコンテナを発見した。全員の身元が判明したが、全員がそれぞれの家族のもとに戻ったわけではなかった。何年間も行方不明となっているあいだに死亡が認定され、その後、両親は離婚または死亡したか、あるいはもともと問題のあった我が子が監禁中に状態が悪化したために、迎え入れることを拒んだケースもある。

そのうちのひとりは病院で自殺した。その悲劇にダンテがひどくショックを受けたことをコロンバは覚えている。〝われわれのひとり〟――ダンテはジョゼフ・コンラッドの小説『ロード・ジム』の一節を引用した。捜査官の意見では、パードレは偶然被害者を見つけ、その生活習慣を追跡して、有利な条件を発見した場合に行動に移したとのことだった。危機にある家族、とりわけ両親が事件の責任を互いに押しつけ合うような家族を好んだ。夫婦の一方を殺害し、息子と一緒に逃げたと思わせるように仕向けたこともある。調査委員会は、パードレの犯罪は〝分裂して極度に混乱した人格による抑制できない衝動〟を満たすための行為だったと結論づけている。コロンバもその説に納得した。

だが、ダンテは納得しなかった。たとえ委員会での審理が無効になっても。コロンバもその場にいたため、いまでもはっきり覚えている。審理はローマのピーニャ地区にある下院のサン・マクト宮殿で行なわれた。運命のいたずらか、一六〇〇年代には異端審問所だった場所だ。中庭の砂利の上に長いテーブルと白いプラスチックの椅子が置かれ、それを取り囲むように十五名ほどの傍聴人が寒さに震えていた。一角には議会の取材記者や情報部員たちの姿もあった。

ダンテは中庭の中央の椅子にうずくまっていた。痩せ細った身体は黒いコートのしわに紛れるほどだった。テーブルをはさんだ向かい側では、年老いた赤ら顔の上院議員がコサック帽をかぶって眠っていた。ローデンクロスのコートにニーハイブーツの金髪の女性――新人の下院議員――がテーブルにレコーダーを置いてスイッチを入れた。

「証言の前に、氏名と生年月日をお願いします」

　ダンテは煙草の箱を握りつぶしていた。緊張しているが頭ははっきりしており、向精神薬漬けになっているときの錯乱した目つきではなかった。

「生年月日はわかりません」ダンテの口調は徐々にしっかりしてくる。「ぼくを診察した司法人類学者によれば、四十から四十五歳のあいだだということです。使用している名前はダンテ・トッレ。洗礼を受けたときの名前は知りません。洗礼を受けているとすれば。ラスタか空飛ぶスパゲッティ・モンスター教徒の息子かもしれません、ひょっとすると」

　傍聴者のあいだから笑いが漏れ、金髪議員は苛立ちを隠してうっすら笑みを浮かべた。

「そうですね。トッレさん、この証人尋問の目的は、パードレと呼ばれ、逮捕時の銃撃戦で死亡した誘拐殺人犯に関する捜査の経過を明らかにすることです。というのも、あなたが委員会によって解明すべき事実があると考えているからです」

「そのとおりです」

「まずは、あなたと事件の関わりを説明していただけますか。記録として残すために」

「パードレは子どもだったぼくを誘拐して、十三年間にわたって監禁しました。正確には、クレモナ県のとあるサイロに。どこで、どのようにして連れ去られたのかは覚えていません。ぼくはアンニバーレ・ヴァッレとフランカ・トッレの息子だと信じていましたが、最近、その子どもはぼくではないことが判明しました。本物のダンテはぼくが逃げ出した一九八九年に殺されていた。パードレが被害者を溶かした硫酸のドラム缶のひとつから、彼のDNAが発見されました。正確には、恥骨の破片が」

「そしてパードレは、あなたの本当の身元を忘れさせた」

「隔離して、薬を与え、ひたすら言い聞かせることによって。パードレは精神分析医で神経科医、かつ監察医だったから、方法は心得ていました。そしてぼくの場合、百パーセント成功した」

「捜査が満足のいくように進まなかったと考えているのはなぜですか？」

「パードレは単なる精神病質者《サイコパス》ではなかったからです。何らかの資金援助や保護を受けていたが、そのあたりはまだよくわかっていない」

「その事実をひた隠しにしていたのは、その後も子どもを誘拐して拷問するためだと？　そう考えるのは少し無理がありませんか？」

「世界じゅうで子どもたちが誘拐され、奴隷、物乞い、性的対象、移植用の臓器の提供者として利用されている」ダンテは冷ややかに答えた。「ぼくが覚えているだけでも、二〇〇七年にはナイジェリア政府が、未承認の髄膜炎菌ワクチンを投与された貧困家庭の子ども二百人の代理で、巨額の賠償金を請求しています。二〇〇八年には、インドで医学研究所の治験中に四十九人の子どもが死亡しました。言うまでもなく犠牲になるのはつねに貧しい人たちで、実験は決まって下請け業者が行ないます。そうすれば委託者を特定するのが困難だから。したがって、イタリアのGDPランキングで上位の多国籍企業が、生体外実験を行なうためにパードレに出資していた可能性も捨てきれません。彼は四十年間も捕まらずに活動していた。はたして単なる幸運な悪党だったと思いますか？」

誰もがそう思っていた、とコロンバは考えた。ほかならぬ自分自身も。だが、いまは何もかもが別の角度から見えるように思えてならなかった。

もう一杯紅茶を淹れてから、警察が把握しているパードレの共犯者の記録に念入りに目を通す。数は多いものの、ほぼ全員が自然死（少数）または暴行死（多数）を遂げており、全員が殺人犯やレイプ犯などの冷酷な犯罪者で元軍人だった。六〇年代からパードレに服従していた者もいれば、目撃者を殺したり監禁者に食事を与えたりするために雇われた者もいる。なかでも主要な共犯者は〝テデスコ〟と呼ばれる男で、いまなお身元は判明していない。七十代だが牛のように力強く、逮捕されてから一度も口を開いていなかった。だが、彼のように黙秘を続ける人物はいくらでもいる。

コロンバは夜明けまで調書や判決文を読み、丘の中腹の透明なサイロに監禁されている夢を見ながら居眠りをした。正午にバルトからの電話で起こされた。受話器の向こうから轟く波の音が聞こえる。「どうしてるか気になって……それから、知らせておきたいことがあるの」

眠気が吹き飛んで不安がこみあげた。「ダンテの件？」コロンバはからからの口で尋ねた。

「いいえ。〝シグナル〟であなたを探したんだけど、どうして出ないの？」

シグナルとは通話を暗号化する携帯電話のアプリで、とりわけ密売人や隠し事がある人に愛用されている。コロンバもインストールはしていた。「もう携帯は持ってないから。いまから買いに行く」

「どれくらいかかる?」

「タクシーが見つかれば三十分」

県の小さな共同組合に登録されているタクシーは六台のみで、雪が降ると奪い合いになる。電話交換手によれば、午後には運がよければ捕まるかもしれないとのことだった。けれどもコロンバはそれまで待てず、寒さのなか歩いて出かけた。

11

　最初は、晴れた空の下を歩くのは思いのほか快適だった。未舗装の道は農家のトラクターで除雪され、ここ数日に比べると冷えこみも厳しくない。少しずつ肩の筋肉や脚の関節がほぐれていく。だが、急な坂道を三百メートルほど上ったところで息が切れはじめた。ほどなく立ち止まって標識にもたれ、呼吸がしやすいようにフードを取った。心臓が喉元までせり上がり、腹部が大きく波打っている。コロンバは何カ月もトレーニングを怠った自分を罵《ののし》った。

　しばらくして、ふたたび歩きはじめる。犬の訓練所の小屋、養蜂場、そしてはるか昔に閉鎖され、いまや雪の女王の城のようになったアグリツーリズモを過ぎた。すれ違ったのは凍えた雌の三毛猫が一匹と、ごくたまに、泥をはね飛ばしながらのろのろ走っている車だけだった。最後のカーブから歩きはじめて二時間が経ち、やっとのことでポルティコの中世の街並みの白い屋根に太陽の光がきらめくのが見えた。立ちのぼる暖炉の煙、街の中心のティントーリ教会、ウエディングケーキのように斜面に折り重なった石造りの家々は、さながら絵葉書のようだった。コロンバは足を止め、街の景色に見とれて少しばかり生気を取り戻した。

息を呑むほど美しい光景だった。こうしたイタリアの片田舎はほとんど知られておらず、大部分は長いあいだ変わっていないにちがいない。

わずかな変化のひとつは携帯ショップが開店したことだった。オーナーは人気ゲーム〝ファイナルファンタジー〟のトレーナーを着た三十歳くらいの太った男だ。コロンバはただ同然の携帯電話とプリペイド式のＳＩＭカードを買った。手に持つと火傷《やけど》しそうなほど熱く感じた。

携帯ショップの隣には〈バール・デル・ソル〉があった。三〇年代までは馬車庫だった場所で、子どものころは、よく祖父にサワーチェリーのジェラートを食べに連れてきてもらった。コロンバは鉄のベンチに腰を下ろすと、無料Ｗｉ－Ｆｉを利用してシグナルをダウンロードし、バルトにメッセージを送った。番号を覚えている数少ない相手だ。

司法人類学者兼科学捜査官は一分後に電話をかけてきた。「どうして携帯を持つのをやめたの？」

「あんなに何もかも筒抜けになるものはほかにないでしょ。パードレのこと？」

「えっ？　ううん……その件はまだ調べていない。でも爆発物処理班の報告書を読んだわ。クルモ号の裂け目に沿って爆発物の痕跡がある。ＰＢＸ――プラスチック爆弾の一種よ。詳しいことはわからない。わたしの専門ではないし、もちろん軍に訊くこともできないから」

コロンバは鼓動が速まるのを感じた。「やっぱりレオは転覆を装ったんだわ。言ったとおりでしょう」

「まだあるの。あの遺体は溺死したわけじゃない。何者かがダイビングナイフで喉を掻き切ったのよ。水中ではそれが致命傷となった。でも、死後どれだけ時間が経過しているのかはわからない。詳しく調べても、おそらく割り出すのは難しいわ」

傷口がひどく痛む。「ほかにわかったことは？」

「パソコンを見てみる……いまデッキにいるの。とにかく寒くて……ええと、身長は百七十から七十五センチのあいだ。体重は標準。第三と第四頸椎のあいだにチタン製の人工骨が入っていた。軍医はまだ見てないわ。頸椎から外れてたから。堆積物の中にあるのをわたしが見つけたの」

「シリアル番号は？」

「ある。さっそく病院のデータベースにアクセスして調べてみた。名前はジャンカルロ・ロメロ、四十歳、自営業。ミラノ在住。心当たりは？」

「ない。偽名の可能性は？」

「低いわね。公立病院で手術して、税務書類に記入されているから」バルトはしばらく黙って目を通した。「それに、このとき以外にも十年間で三回、この名前で入院している。同じ疾患で。神経根障害、慢性の首の痛み……脊椎の損傷……診断はされていないけど、おそらくクリッペル＝ファイル症候群ね」

「はじめて聞く」

「遺伝性の疾患よ。ちなみに変異するのはＧＤＦ６という遺伝子。ここに彼のカルテがあるけど、引き揚げられた骨と一致するわ。彼に間違いない」

「失踪届は出されてるの？」

「いいえ。わたしが把握しているかぎりは」

コロンバはサワーチェリーのリキュールの宣伝が印刷されたナプキンにメモをした。「この情報、どれくらい軍に隠しておける？」

「五、六時間ってところね」バルトは言った。「ばかなことはしないで」

コロンバはビールを注文してから、同じアプリでアルベルティに電話をかけた。彼もアプリをインストールしており、サンティーニのデスクで小声で応答した。上司はまだバルトたちと一緒に海の上にいる。「ドクター、お元気ですか？」

「アルベルティ、あなたは現役警察官で、わたしはもう違う。だから〝ドクター〟はやめて。そんなふうに呼ぶのは新米《ペンギン》だけでじゅうぶん」

「すみません、つい習慣で」ふたりの関係が変化しても、アルベルティは敬語をやめるのも名前で呼ぶのも気が引けるのか、つねに曖昧な言葉遣いをしていたが、どうもしっくりこなかった。いまだにコロンバに対して畏敬の念を抱いているのだ。「海底の調査はどうですか？」

「もう船は降りた。それで、ある人物を調べてほしいんだけど」

「もちろんです……もちろん」

「ジャンカルロ・ロメロ、ミラノ在住、四十歳」コロンバはメモを読み上げる。「失踪の届出がないかどうか確認してくれる？」そして個人データを伝えた。

「少々お待ち……了解」アルベルティは世界じゅうのデータが保管されている軍部間の情報処理システムにログインした。「確認できました。ミラノ在住」

「前科は？」

「公序良俗違反だけ。「公園で性転換者にしゃぶらせるのが好きなようです」アルベルティは要約して報告する。

「通報されているのはそれだけ？」

「ええ。二年前の十月に引っ越しています。新しい住所を言います」

「十月の何日？」

「三十日」

ヴェネツィアの事件の二週間後。クルモ号が本当にすぐに沈没したのであれば、ロメロはすでに死亡していたはずだ。隣のテーブルで老人が四人でカードゲームに興じている。偶然かどうか、金貨《ペンタクル》の王が見えた。「もうひとつ頼みがあるんだけど。まだ従兄弟に友だちはいる？」

アルベルティはカラビニエーリで兵役を務めていた。「何人かは……」

「三日前に近所で二重殺人があったの。何か情報を聞き出せないか、探りを入れてみて。被害者の名はメラス。それから、准尉のルーポを知っている人がいないかどうかも訊いて。ポルティコの分署長よ」

「ロメロと関係が？」

「いいえ。あとで説明する」

コロンバは除雪機になぎ倒されそうになりながら自動車整備工場まで走った。ロリスが車体の下から顔を出した。頭上にあるのはタイヤのないトヨタの車だ。「見てのとおり、まだ取りかかってないんだ、天使《アンジェロ》」

「頼むから、アンジェロはやめて」コロンバはぞっとして言った。「何でもいいから至急お願い。あなたの車でもいい」

「きみはパンダで用水路に突っこんだばかりだぞ。おれの愛車を貸すと思うか？」

「壊したら弁償する。どうしても必要なの」

彼は考えているようだった。「マルティーナが言ってたんだけど、きみもサツなんだって？」

「もう辞めたけど。マルティーナって？」

ロリスが説明する——例の赤毛のカラビニエーリだった。「それに、ヴェネツィアでイス《IS》ラム国《IS》に撃たれたとも言っていた」

「彼女の年齢のころは、わたしはもうちょっと寡黙だったけど」

「で、本当なのか？」

「だいたいのところは。あとは新聞を読んで」

ロリスは笑うと、作業服のポケットから鍵束を出して放った。「借用書を書いてくれ。壊したら訴えるぞ。何しろ、あの車でグランプリで三回優勝してるんだ」

車はレース用のロゴにおおわれたプジョー２０８だった。コロンバはタイヤから煙を出しながら出発した。

12

ロメロのアパートメントはリナーテ空港と東環状線のあいだにある五階建ての集合住宅だった。一帯はいかにもミラノらしい六〇年代の建物が建ち並ぶ緑の多い地区で、煉瓦《れんが》造りの古い格納庫が並んでいる。かつて航空機業界で一時代を築き、第二次世界大戦後に廃業したカプロニ社の本拠地だった場所だ。コロンバはパトロールカーのサイレンを懐かしみつつ三時間足らずで到着すると、すぐ近くに車を停め、建物の中に入る住人が現われるのを待った。管理人室はなく、コロンバは低い声で悪態をついた。たいていの場合、管理人にいくらか金を渡せば扉を開けてくれるうえに情報を収集することもできる。さいわいにも郵便受けの名前の横に階数が記されており、コロンバは階段で三階まで上った。若い女性がゼラニウムの鉢に水をやっていた。年齢は二十五歳くらい、林檎《りんご》のように丸くて赤い頰に大きな胸。コロンバはほんの一瞬だけためらった。

「誰をお探しですか？」女性はエプロンで手を拭きながら尋ねた。

コロンバは車の中で考えたとおりに答えた。「ジャンカルロ・ロメロです。しばらく姿が見えないから、ご両親が――」

「向こうですよ」女性は遮って、廊下の反対側の端のドアを指さした。「帰ってきたら、あなたが探していたと伝えておきますね」

その口調に、コロンバのうなじの毛が逆立った。「いつ出かけたんですか？」

「月曜日ですけど、どうかしたんですか？」

冷たい汗が一滴、背筋を伝い落ちる。この瞬間まで、ロメロはレオの共犯者だろうと考えていた。だが、まったく別の可能性が生じた。「ご両親が探しているんです」どうにか息を吸って言う。「でも、もしかしたら人違いかもしれない。念のため訊きますが、背が低くて太ってて禿げてますか？」コロンバは適当な特徴を挙げた。

「いいえ、背は高くて栗色の髪で、眼鏡をかけてるわ」女性は笑いながら言った。「それに太ってるなんてとんでもない。いろんなスポーツをやってるんですよ。ごめんなさい、もう失礼します。子どもが泣いているみたいだから」

「ありがとうございました」コロンバはやっとのことで言った。パーカーのポケットの中で、拳銃のグリップを気分が悪くなるほど強く握りしめる。女性が部屋に入るのを待ってから、助走をつけてロメロのアパートメントのドアを蹴って錠を外した。思ったとおり防護ドアではなく、大きな音がしたものの簡単に開いた。すばやく背中でドアを閉め、そのままドアにもたれつつ両手で銃を構える。階段のほうから騒音に文句を言う声が聞こえてきたが、誰も様子を見に来ようとは思わなかったようだ。

アパートメントの中はブラインドが下ろされて薄暗く、涙が出るほど強烈な塩素のにおいが充満していた。三つの部屋には安っぽい家具が数えるほど。服もなければ、本も置物もない。ベッドにシーツはかけられておらず、マットレスは漂白剤でずぶ濡れだった。床も壁も洗われ、絵が溶けて染みだらけになっている。作業服組でなくても、生体の痕跡が残らず消えているのはわかった。コロンバはパーカーの袖を引っ張ると、窓を開けて換気をした。

まさか……いままでここで暮らしていたのは――。

そのとき、〝非通知〟の表示とともに携帯電話が振動しはじめた。バルトやアルベルティならシグナルを使うだろう。それに、ふたりには番号を知らせていない。これほど早く番号を突き止められる人物はひとりしか思い当たらなかった。この一年間、ロメロと入れ替わって彼の家で暮らしていたのと同じ人物だ。

ひとりしかいない。

コロンバは電話に出た。

「やあ、コロンバ。会えなくて寂しかったよ」レオの声だった。

第三章

1

倉庫の外の気温は零度に近いが、ダンテは驚かなかった。レオが自分をどこに連れてきたのかはわかっている。幾度となく悪夢で見た建物だ。そこに囚われた者たちが〈箱《スカートラ》〉と呼んでいたコンクリートの立方体。もっとも、すでに破壊されているものとばかり思っていた。チェルノブイリから数キロしか離れていないからだ。死んだ町から。あそこで暮らすのは、癌や他の放射線の影響で死ぬのを待つ年寄りばかりだ。ダンテがいま皮膚に感じている放射線の。針のように突き刺さる。膿疱《のうほう》におおわれるまでにどれくらいかかるのか？　数分、それとも数時間か。短期間の滞在であれば、放射能の危険性は低いと言われているが、誰がそんなことを信じるというのか。金さえ出せば、不都合な真実を隠す方法はいくらでもある。倉庫のコンクリートの壁の中に戻るべきだったが、そうすればそこでひとり死を待つことになる。少なくとも外に出れば、脱出する方法が見つかるかもしれない。

すでに足の感覚はなくなりはじめている。サッカー場三つ分ほどの広大な中庭は、二階建ての小さな建物と、〈スカートラ〉へ続く門に囲まれていた。ところどころ雑草が生えた冷たいコンクリートを走って小さな建物に向かう。入口から中の様子をうかがうと、何者かが略奪に入った形跡があった。オフィスとおぼしき建物は廃墟と化している。わずかに残った机は積み重ねられて燃やされ、電子機器やケーブルなどは跡形もなく消え、少しでも価値のあるものはすべて分解され、持ち去られていた。残されているのは灰と、人間や動物の排泄物だけだ。ダンテは勇気を出し、床をおおう不快なものを裸足で踏みつけて中に入る。無数の突然変異の病原菌に感染して、マタンゴみたいな化け物になってしまいそうだ。

ガラスの破片や、壁に掛けられたアンドロポフ書記長の写真を穴だらけにしたカラシニコフの空薬莢《からやっきょう》を踏まないよう注意しながら階段を上る。

二階で死体を見つける。ある程度のことは覚悟していたものの、この悪夢の場所で死体に出くわすとは思っていなかった。いずれにしても嫌悪感を覚える。そのうえ、その死体が着ている放射線防護服を奪うことを考えて、ますます嫌悪感に苛まれる。防護服が欲しい。できることなら寒さと閉鎖された環境のせいで気を失う前に。

ダンテは目の前の窓を見つめたまま死体のわきにひざまずく。窓には格子が取りつけられ、格子はターザンがぶら下がるような蔓におおわれているが、葉の隙間から月のかけらが見える。月の創造主に感謝せずにはいられない。

死んだ男が着ている防護服は、ソヴィエト時代の遺物かと思うほど古くて擦り切れている。ゴムと透明のビニールでできたフードにはフィルターがついているが、効果があるとは思えず、しかも粘着テープで張りつけられている。それ以外はセーターのようにほつれていた。だが、ないよりはましだ。汚染から身を守ることはできないが、少なくとも寒さはしのげるだろう。まずは中身を取り出す必要がある。死体を。たいしたことではない。生きている人間と何も変わらない。ただ動かないだけだ。

フードを外すと、その下にあるものから何かが流れるような音がする。膿汁があふれ出すのではないかと身構えるが、現われた老人の顔は絵に描かれた聖人のようだった。防護服に包まれていたせいでミイラ化していた。ダンテはこれよりも明らかにひどいものを見たり触ったりしたことがある。死体の骨を軋ませながら手足を抜き取り、力の限り格闘しながら防護服を脱がせる。ようやく脱がせ終えたころには汗が噴き出していた。

老人の死体はセーターと下着も身に着けていたが、これ以上脱がせるのは無理だと判断する。防護服だけでじゅうぶんだ。ところが、自身の身体の――かろうじて残っている――熱に触れるなり、防護服は鼻が曲がるようなにおいを放ちはじめる。ダンテは裸足でゴム長靴を履き、ガチョウの鳴き声のような音を立ててよろめきながら外に出る。すべてが終わったら足を切断するはめになるかもしれない。

寒さは我慢できるようになった。中庭の中央からふたたび〈スカートラ〉を見つめる。窓はない。六階建ての建物は大衆向けの集合住宅ほどの大きさだ。あえて窓は作らなかったのだ。内部で行なわれていることが発覚しないように。そして、誰ひとり逃げ出さないように。

レオがどうやってウクライナの国境を越えて自分をここに連れてきたのかはわからない。

その目的も。連れ去る前に、一度も顔を合わせたことがない弟であると打ち明けた理由も、それが真実かどうかも。ひとつだけ確かなのは、防護服があろうとなかろうと、この状態に耐えられなくなるのも時間の問題だということだ。どこかで眠ってしまえばおしまいだ。すでに立っているのもつらく、どうやって家に帰ればいいのか、あるいは助けを求めたらいいのか見当もつかない。車や電線路の音はいっさい聞こえてこない。ほかにどうすることもできずに〈スカートラ〉へ向かう。ダンテが恐れる唯一の神——暗闇と通り抜けられない壁から成る閉鎖空間の神——のモニュメントへ。

門を入ると、先ほど中庭で見た階段をそのまま小さくしたものがある。高さ五メートルの周囲の壁には鉄条網が張りめぐらされ、階段は〈スカートラ〉の低層部へと続いている。他の部分よりも幅が広いコンクリート造りの平屋で、そこには窓がある。職員用のスペースだったからだ。ガラスは粉々に砕け、やはり何もかも奪われ、燃やされていた。またしても悪臭を感じる。いや、それほど嫌なにおいではない。あれは……

コーヒーだ。

ありえないのはわかっている。が、それでもその香りをたどっていく。すると、かつてキッチンだった場所の入口に出る。大きな冷蔵庫が倒れている以外、備品や調理器具は盗まれるか、あるいは壊されていた。冷蔵庫の上に小型のガスコンロが置かれ、コーヒーポットが音を立てている。一瞬、目の錯覚かと思い、続けて対人地雷などの仕掛けかもしれないと考える。だが、ふと顔を上げると、男が欠けたカップ二個をハンカチで拭いていた。

レオだ。

防寒ジャケットの上に徽章のない軍服をはおっている。マスクも防護服も身につけていない。放射線などまったく関心がないかのように。「ちょうどいいところに来た」レオは陽気な口調で言う。「もうじきコーヒーが入る。さあ、入ってくれ。積もる話もあるだろう」

2

コロンバは言葉を失った。拳銃を玄関のドアに向けたまま、左手に持った携帯を火傷でもするかのように耳から離す。てっきりレオがとつぜん部屋に現われるのではないかと思っていたのだ。

「誰？」息を切らして尋ねる。

「わかってるだろう」あいかわらず冷静な口調だった。「言っておくが、きみは時間を無駄にしている。おれは何ひとつ痕跡を残していない」

「ダンテに代わって」コロンバは消え入るような声で言った。

「ここにはいない」

「じゃあ、どこ？」

「話せば長くなる、コロンビーナ」

コロンバは呼吸を整えた。「彼に何をしたの？」声を荒らげる。「生きてるんでしょう？どこにいるのか教えて！」

「教えられない。残念だが」

「このクソ野郎！」コロンバは抑えがきかなかった。憎しみと激しい怒りで声が割れる。「殺してやる。終身刑になったって屁とも思わないから」

「次に大声を出したら、もう一度襲撃する」まったく抑揚のない口調に、コロンバは自分がサイコパスに対して取るべき態度とは正反対のことをしていると気づいた。穏やかに、相手に調子を合わせ、自意識を刺激する必要がある。レオがうっかり口にした言葉が貴重な手がかりとなるかもしれない。コロンバは唇の傷を噛みながらこらえた。「お願い、元気かどうかだけでも教えて」

「その話は終わりだ、コロンビーナ」

落ち着いて。言われたとおりにするのよ。「なぜロメロを殺したの？」

「引っかけやすかったからだ。誰かを引っかけるのは朝飯前だからな」

コロンバは身体を震わせたが何も言わなかった。

彼は楽しそうに笑った。「悪かった、コロンビーナ。気がきかなくて」

「クルモ号で何があったの？　なぜ沈没させたの？」

「きみの質問に答えるために電話したんじゃない」

「だったらなぜ？」

「悪あがきはやめるよう警告するためだ。おれもダンテも絶対に見つからない。捜しつづければ、きみの身に危険が及ぶかもしれない」

「そんなの怖くない」コロンバは強がってみせる。

「嘘だ。おれの力は知っているだろう」

喉が締めつけられて息苦しくなり、コロンバは脚を折り曲げて膝をついた。「お願い……」声を絞り出す。「生きているかどうかだけでも……」

「選ばせてやろう。丘の中腹で長生きするか、苦しみながらもあっという間に最期を迎えるか。よく考えろ」そう言って、レオは電話を切った。

コロンバは息ができなかった。耳鳴りがした。何もかもが黒く、粘《ねば》ついているかのようだ。最後の力でタイルを引っかいた。左の人さし指の爪が根元のところで反って持ち上がり、脳が雷に打たれたような激痛が走った。

クソッ。怪我した指をしゃぶりながら悪態をつく。口の中に残っている爪のかけらを大量の血とともに床に吐き出した。大騒ぎをしているわりには何ひとつ収穫がなかった。

いい、いい、丘の中腹で長生きする。

居場所を知られている。行動を把握されている。電波を発するものはすべて処分し、一年間、片目を開けて眠っていた。にもかかわらず彼は自分を監視していた。

ちぎったトイレットペーパーと漂白剤でみずからの痕跡を消してから、爪の破片をかき集めた。そして残らず便器に放りこみ、何度も水を流した。

住んでいる場所だけでなく、わたしがいまここにいることも知っていた。たどり着いたばかりなのに。

コロンバは壊れたドアからアパートメントを出て階段へ向かった。正確には、向かおうとした。というのも、気がつくと指の関節で隣家のブザーを押していたからだ。先ほどの女性が腰に花模様のエプロンを巻いて出てきた。「いったい何なんですか――」

コロンバは女性を中に押し戻し、指紋がつかないように肘でドアを閉めた。「あなたが知らせたのね」大声で詰め寄る。

「出ていって。でないと叫ぶわよ」

コロンバは彼女を壁に押しつけて口をふさいだ。「あなたが知らせたのは人殺しなのよ。怪物。あなたのせいで逃げたかもしれない。いま、この瞬間にも誰かを殺しているかもしれない。わかる？　わかるでしょう」

女性はすっかり怯え、奥の部屋のなかば開いたドアを指さした。ベビーベッドの柵から赤ん坊が腕を突き出しているのが見える。せいぜい一歳くらいだろう。コロンバは手を離した。

「子どもに危害は加えないで」女性は甲高い声で訴えた。「誰にも知らせたりなんかしてないわ」

「お金をもらったの？　スパイになるよう脅されたの？」

「違う」

コロンバは信じなかったが、どうでもいいことだった。まだ命はあるものの、レオを見つけるための有力な手がかりはない。むしろ、ここに来るべきではなかった。先ほどこの女性と話したときには、顔はよく見られなかったが、いまははっきり記憶したにちがいない。しくじった。「彼についてほかに知ってることは？」

「何のことだか……」

「訪ねてきた人とか、不審な行動とか」

女性は首を振った。「何も」

「ひとつも？　目の前に怪物が一年間も住んでいて、何ひとつおかしなことはしなかったわけね」コロンバは皮肉っぽく言った。

「ほとんどいなかったし、口もきかなかったから」女性は子ども部屋を見つめながら必死に思い出そうとしているようだった。「ひょっとしたら山が好きだったかも……」

「本人がそう言ったの？」

「そうじゃなくて、最後に見かけたときにリュックを背負って、氷の上を歩くときのあれを足につけてたから、てっきり山に行ったのかと……」

「彼と寝たの？」コロンバは尋ねた。

女性は怯えた目を向けた。「まさか。本当よ」

「だといいけど」

コロンバは急いで外に出た。不安が徐々に怒りを蹴散らす。来たときと同じく、防犯カメラに映らないようにうつむき加減で帽子を目深にかぶった。最近では至るところにカメラが取りつけられている。さらには、個人的に中庭の映像を送信するウェブカメラを設置しているケースもある。捜査する側にとっては便利だが、目撃者を脅したことを元同僚に突き止められたくない場合にはやや都合が悪い。

でも、恐れるべきは彼らではない。

毒のある棘《とげ》のように突き刺さったレオの声が、次第にコロンバを蝕《むしば》みはじめた。レオはすぐ近くにいて、いまにも襲いかかってくるかもしれない。

落ち着いて。

車のキーを二度も落とし、怪我した指をぶつけて苦痛の声をあげた挙句に、やっとのことでドアを開けて車を出した。防犯カメラを避けて県道を走り、バールが併設されたガソリンスタンドで給油のために停まった。携帯電話の電源を入れ、シグナルで文法ミスだらけの絶望に満ちたメッセージを送る。これを読めばバルトはすぐに連絡してくるだろう。案の定、彼女は海軍研究所のトイレから電話をかけてきた。

「彼の名を伝えて」コロンバはささやくように言った。「何の役にも立たないかもしれないけど、お願い」

最悪の電波状態でも、バルトにはコロンバがどれほどショックを受けているかわかった。

「何があったの？」

外のトイレへ向かうトラック運転手が笑いかけてくる。コロンバは顔をそむけた。「いままでずっとレオがロメロの家に住んでいた」さらに声をひそめて言った。

「どうしてわかったの？」

「電話をかけてきた……ロメロのアパートメントにいたら、わたしに電話してきた」喉が大きく脈打ち、言葉に詰まる。「わたしを監視してる。行動をすべて把握しているのよ」

「コロンバ……」バルトはどうにか平静を保ちながら言った。「確かなの？　本当に彼なの？」

「もちろん。わたしが間違えると思う？」コロンバは血まみれの手をセーターで拭いた。指の出血が止まらない。

「ねえ……わたしの家に行って。鍵は管理人にもらって。わたしもできるだけ早く帰るから」バルトは二匹の犬とともに、ミラノの古い印刷工場を改装したロフトに住んでいる。

「ううん、いい……もうじき家に着くから」コロンバは嘘をついた。「また連絡する」電話を切ると、間違ったPINコードを六回入力して電話をブロックし、ゴミ箱の上で解体して、SIMカードをへし折ってからすべて捨てた。番号を変えるだけでは不十分だ。電話機も追跡される。携帯電話にはIMEIという端末識別番号があり、電源を入れるたびにこの番号が送信されるため、それ相応の技術があれば端末を特定することが可能だ。そして、言うまでもなくレオはその技術を持っている。ロメロのアパートメントへ行く前に電源を切っておくべきだったが、携帯を持たない生活に慣れていたせいで考えが及ばなかった。

とんだ失敗だ。

真っ暗な家に帰る気になれなかったので、モーテルに泊まり、身分証明書を預けない代わりにチップを渡した。そして、県道を走る車のライトを見つめながら夜明けを待った。ひたすらレオのことを考えていた。頭から離れなかった。彼の声が毒のごとく体内に広がり、鮫の水槽の上に張られた細いロープを渡っているような気分だった。

　なぜ一年半も経ってから連絡してきたのか。まだ生きていることを、わざわざ知らせようとしたのはなぜなのか。謎に包まれたままにするのではなく。これまでの経験では、殺人犯は警察官に挑むために電話をかけてきたりはしなかった。暗号でメッセージを送ることも、無意識のうちに立ち止まったりもしない。殺人犯は逃亡し、人を殺し、身を隠す。あらゆる接触が危険だと知っている。年老いたマフィアは全財産をはたいてまで陽の光を目にすることを避ける。地下室でモグラのような生活を送り、インターネットで足跡を残さないように〝ピッツィーニ〟と呼ばれる小さなメモで連絡を取り合っている。

　レオは完全に気が狂っているかもしれないが、彼女に接触することは危険だとわかっている。したがって、あえてそうしたということは、何か動機があるはずだ。少なくとも彼にとっては意味のある動機が。

　丘の中腹で長生きする。

　氷の上を歩く靴。

　レオは逃げずにイタリアに残っていた。彼女の居場所を知っていた。雪の中を歩いていた。足の下で見えない糸が波打ち、いまにも倒れそうだった。めまいがするなか、パードレの死後にボルミオの旧温泉《バーニ・ヴェッキ》でダンテと過ごした短い休暇がよみがえる。彼女が温泉プールで泳いでいるときに、ダンテは携帯電話に出た。電話の向こうの見知らぬ相手は、ダンテが生き残ったことを祝福し、彼の弟だと言って電話を切った。名前も名乗らず、それきり連絡はなかったが、その電話をきっかけにすべてが変わった。ダンテは自身の過去はいっさい覚えていない。家族の記憶だと思っていたのは、監禁されていた子ども時代にパードレによって植えつけられた偽の記憶だった。世間から隔離された子どもに影響を及ぼすのは容易だ。そしてパードレは間違いなくその方法を知っていた。ダンテにとっては、生き別れた兄弟が近くにいると知るや否や、自身の過去を探すことが強迫観念となった。頭の中の扉を開ける鍵を持った人物がいるのだ。自分が本当は誰なのか、教えてくれる人物が。

それがレオだった。ダンテを連れ去り、コロンバが昏睡状態に陥る間際に、レオはそのことを認めた。もし事実だとしたら、パードレとはどういう関係だったのか。共犯者で、彼がトミーの両親を殺したのか。

コロンバはめまいを覚えた。身体の下に大きな穴が開いたようだった。レオはヴェネツィアでの大虐殺に駆けつけるためだけに、何週間にもわたって同僚になりすました。計画を立て、詳細な台本どおりに行動した。彼のような人物なら、パードレの囚人のひとりが三キロしか離れていない場所に引っ越してくるようお膳立てするのは朝飯前だ。だが、何の目的で？　彼女を苦しめたいだけなのか？

コロンバは曇ったガラスに指で〝レオ〟と書いた。トラックのヘッドライトがその文字を照らす。メラス夫妻が殺されたのは、クルモ号の沈没が判明した日だった。おそらくレオはあらゆる繋がりを絶っているだろう。あるいは、より陰惨な理由が隠されているのか。誰かが彼を止めなければ、さらなる血が流れるかもしれない。

3

ポルティコのカラビニエーリの分署は庭付きの二階建て住宅で、鉄条網と、立入禁止の軍事区域を示す黄色い表示板がなければ、博物館へ続く通りに建ち並ぶ他の家々と変わらなかった。一般用の受付は一階にあり、金属探知機をくぐり抜ける必要がある。一方、二階はカラビニエーリ専用で、尋問用の小さな部屋もあり、逮捕者や関係者の取り調べが行なわれる。ここの屋根裏に、ルーポが住んでいた。小さな分署では署長が駐在するのは普通のことで、当直の人員が不足しているため、時間外の通報にはルーポが直々に対応していた。

分署の内部も、憲兵の詰所というよりは住宅に近かった。二枚のマグリットの複製画は、国家機関の施設にはふさわしくない。これはルーポのチームが二年前に逮捕した贋作画家の手によるもので、ロビーの大統領の写真の横に飾られていた。ただひとりの民間職員で、備品調達の短気な責任者、キアーラのお気に入りだったからだ。その後、キアーラは年金生活に入り、代わりに障害者雇用に関する法律に則って、パートタイムの電話交換手として片耳が不自由で両脚がないドナートが採用されたが、キアーラは最後まで名残惜しそうだった。

〝キアーラのオフィス〟（彼女の霊が漂っているかのように、いまだにそう呼ばれている）

のすぐ奥に小さなキッチンの入口があり、そこでカラビニエーリたちはコーヒーを飲んだり、去年のクリスマスに寄附金で買った電子レンジで何かを温めたりする。小型の冷蔵庫もあり、密閉容器に入れて自宅から持ってきた食べ物が入っていた。名前は書かれていないものの、皆、自分の容器は見分けることができた。午前八時、当番のカラビニエーリ二名がそこで二度目の朝食を取っていた。三等准尉のネローネと曹長のブルーノだ。ふたりともナポリ式のコーヒーメーカーで淹れたコーヒーを飲んでいる。これはメルジェリーナ出身のブルーノにしか使う権限がない。ネローネは元ラグビー選手のような身体つきで、腹が出て、あごひげを生やしている。一方のブルーノは、定年を間近に控えた長身で痩せ型の男だ。そこにマルティーナが、まずそうなプロテイン飲料を入れた水筒を持って入ってきた。できればウエストをあと数センチ細くしようと努力しているのだ。とたんにふたりの同僚が振り向く。マルティーナはトップモデルではないが、それでも男所帯に出入りする唯一の女性だった。

「おはようございます、准尉殿、ブルーノ。わたしの分はあるかしら？」

ブルーノがコーヒーメーカーの蓋を取った。「ほとんど残っていない。淹れ直そうか？」

「これでじゅうぶんよ。ありがとう」マルティーナは小さな紙コップにコーヒーを注いだ。

「すでに二杯飲んでるから」

「メラスの息子を連れてきたのか？」ネローネが尋ねた。

「はい」

二階では、まさに司法官と司法書士がトミーの立場について話し合っている最中だった。

「残念ながら子どもというのは、失敗作が生まれたら取り返しがつかない」ネローネが言った。「考えてもみろ。最初からまともな子どもを育てるほうがどれほど楽か。きみの息子は手に負えないほどバカか？　だったらあの世に送りかえしてしまえ」

ブルーノが笑った。「わたしの息子が若かったら、すぐにそうしている」

「トミーは頭がおかしいわけではありません」マルティーナは慎重に言葉を選びながら言った。ここには着任したばかりで、あからさまに上司に逆らうことはしたくなかったのだ。

「いろいろな問題を抱えているんです」

「両親が気づいていればな、その問題とやらに」ネローネが言った。ブルーノはまたしても笑い、マルティーナも仕方なく笑みを浮かべる。

「だが、彼がこんなことをしたのは、間違いなく親の責任でもある」ふたりの反応に気をよくして、ネローネは続けた。その注目の大部分が階級のおかげだとは思いもせずに。「両親が何かくだらないことをやったにちがいない」

「彼は生まれつき自閉症で……」マルティーナはさらに低い声で言った。

「十人にひとりはワクチンのせいだ」ネローネは自信たっぷりに言った。「あるいはもっと多いかもしれない。世界じゅうの製薬会社はあらゆる手を使って被害を隠しているからな」

ブルーノはマルティーナの当惑を察したのか、口をはさんで話題を変えた。「それで、ヴィジェヴァーニはどうした？　見たか、あの大男を？」ペーザロの検事代理は巨漢だった。もじゃもじゃの髪に馬面で、身長二メートル十五センチ、体重は百二十キロもある。ネクタイはパレオにできるほど幅が広く、靴はグーフィーみたいだった。

「まるで原始人だな」思う壺にはまって、ネローネは笑いながら言った。

マルティーナは原始人が現代人より背が低かったことは言わずに、ストローでドリンクをすすりながらトミーのことを考えた。彼女が警護の担当となって場所を移動させるたびに、トミーは怯えて泣いた。その目を見ると、子どものころに飼っていた犬を思い出さずにはいられなかった。その犬が自分の腕の中で死んだとき、マルティーナは人生で最もつらく恐ろしい現実を思い知らされて衝撃を受けた。自分もいつかは死ぬということを。

そのとき、誰かが階段を駆け下りてきた。マルティーナはてっきりトミーが逃げ出したのかと思い、制止しようとロビーに飛び出した。同僚たちが、誰も見ていないと思うと彼を乱暴に——あたかも嫌がる牛を無理やり引っ立てるように——扱うのを目にして以来、そうはさせまいと必死だった。

だが、下りてきたのはルーポだけだった。准尉は怒りで顔を真っ赤にし、マルティーナが見えないかのようにそのまま玄関に直進した。

「話し合いがうまくいかなかったんだろう」ネローネはプラスチックのカップを握りつぶして投げたが、ゴミ箱には入らず、マルティーナのブーツに飛沫が飛んだ。

「そうだろうか、副司令官」ブルーノが異を唱えた。二番目の指揮権を有するネローネ准尉は、そう呼ばれるのが好きだった。といっても、六名だけの分署では滑稽以外の何ものでもなかったが。「あれは誰かに何かを頼みに行かなければならないときの顔だ……」

4

コロンバが帰宅すると、家の中は蒸し暑く、コバエが大量発生していた。道にたっぷりまかれた塩のおかげで、留守のあいだにタンクローリーがメッザノッテまで上ってきて、ボイラーのタンクを満タンにしたのだ。コロンバは拳銃を手に中に入ると、部屋を見てまわり、換気のために開けた窓の鍵をふたたび閉めながらブラインドがすべて下りていることを確かめた。それが終わってから、食べ物の残りにたかっていたコバエを追い払い、シャワーに飛びこんで、身体に染みこんだ漂白剤のにおいを洗い流した。レオのにおいを。鏡からペンタクルの王が見つめていた。

心なしか、その視線は記憶の中のレオに似ているような気がした。トミーはそれを伝えようとしたのか。彼にいちばんよく似たカードを選んで。

ばかげていると自分に言い聞かせ、コロンバはカードから視線を引き剥がした。この調子では、壁の汚れも彼の顔に見えかねない。

モーテルでトイレットペーパーを巻きつけた指を消毒し、絆創膏を貼った。指先は通常の倍くらいに腫れ上がり、爪床《そうしょう》を見るだけで気分が悪くなった。アスピリンを噛み砕いていると、クラクションの音が鳴り響いた。「車を新しくしたんですね」道からルーポの叫び声が聞こえる。

バスローブをはおって窓から身を乗り出すと、准尉は刑務所の鉄格子の中にいる囚人のように門にもたれていた。「整備士に借りたんです」コロンバは叫びかえした。「ロリス。知ってますか？」

ルーポはうなずいた。どうやら機嫌がよくはなさそうだ。「だが、彼のことで来たわけではない。入ってもいいですか？」

「どうして？」

「ここから話せと？」

コロンバはパーカーから門の鍵を取り出して放ると、玄関に行ってドアを開けた。

「大丈夫ですか？　少しお疲れのようですが」中に入ってコートを脱ぎながらルーポが尋ねた。

「よく眠れなかったんです。たぶん暖房に慣れないせいで」

ルーポはジーンズのポケットから紙を取り出した。「暖炉に火を入れるために持ってきたんですが、次回使ってください」

コロンバは紙を広げた――パソコンで印刷した彼女の写真だった。「これもトミーの？」

「ベッドの下に一枚残っていました。ありきたりの場所すぎて、もはやわれわれは目も向けない」

「どうも」コロンバはその紙でティーポットを置いたコンロに火をつけた。これ以上自分の写真は見たくなかった。「で、プレゼント以外の目的は？」

「率直に言って？　検察官はまだトミーを起訴するつもりがないようです」ルーポはテーブルの前に腰を下ろしながら言った。「ヴィジェヴァーニは評判を落としたくない」

「トミーが自閉症だから？」

「そのとおり。それに、ひょっとしたら何年かして殺人を自白するホームレスがとつぜん現われるのを恐れている。あるいはメラスの妹に訴えられるのを」

「美容整形の費用を支払うために？」

「おそらく。甥にも兄にもまったく関心はない。それでも石から血を搾り取ろうとするかもしれません。いずれにしても近いうちに帰国するでしょう。もっとも、本人は司法官が兄の財産の差し押さえを解除するまでこちらに滞在したがっていますが。しかし捜査が終了するまでは解除されない。言ってみれば尻尾を追いかける猫ですね。というよりも、わたしの尻尾を」

「だったら、そのホームレスを捜せばいいでしょう」コロンバは言った。

「あいにくその線はありえない。どこから手をつけていいか、まったく見当がつきません。一軒ずつ聞き込みもしましたが、有力な情報は何も得られなかった」ルーポは両手を広げた。「メラスの社会生活？　ゼロ。親戚？　ゼロ。恨みを抱いている者？　ゼロ。友人？　ゼロ」

「精神科医から話は聞いたんですか？」コロンバは何気ない口調で尋ねた。

「パーラですか？　ええ。でも、やはり収穫はなかった。すべて解決すればトミーの状態も改善されると説得しようとしましたが、ちっとも関心を示さない。精神科医は、はした金のことしか考えていないんです」

コロンバはパーラから異なる印象を受けたことは黙っていたが、どうやら彼が自分のことには触れなかったと知ってほっとした。「マルケ州憲兵隊に応援は頼まないんですか？」

「ええ。フィレンツェにいたころは、一歩前に進むために数えきれないほどの事務室に行かなければならなかった。ここはわたしの小さな楽園です。できるかぎりこの状態を維持したい」

「そのためにトミーを矯正施設に送るんですか？」

「あの青年は治療を受けるでしょう。何も電気椅子に座らされるわけではありません」

「自閉症は治癒しません。それにトミーに罪はない」

ルーポは天を仰いだ。「どうしても理解できません。あなたもヴィジェヴァーニも、なぜそんなに意地を張るのか」

コロンバは沸騰した湯をカップに注ぎ、ティーバッグの入った箱と一緒にテーブルに運んだ。「泣きつきたいなら、ほかへ行って」

ルーポはカビの生えてなさそうなティーバッグを選んだ。「ここに来たのは、凶器があればヴィジェヴァーニを動かすことができるかもしれないと考えたからです」

「まだ見つからないんですか？」

「金属探知機を使用して、市民保護局のボランティアたちに、モンテニグロからここまでの道の穴を残らず探すよう命じましたが、収穫はゼロでした」

「それで？」

「あなたの家が残っているので、今日の午後に捜索することになりました。総動員して、小一時間もあれば終わるでしょう。そうしたらワックスがけもします」

「なぜわたしの家を？」

「あなたは彼を中に入れた。違いますか？」

「トミーは何も持っていなかった」

「隠したところを見なかった可能性もあります。あなたの許可を得る必要がないのはご存じでしょう。それでも、こうして頼んでいるんです」

「わたしの許可は必要なくても、司法官の許可は必要でしょう。あなたが頼みに来たということは、許可が下りなかったということですね」

カップを握りしめるルーポの指が白くなる。「わたしはあなたに礼儀正しく接しようとしています……あなたもそうしてくれませんか。われわれは味方どうしのはずだ。でしょう？」

「以前、わたしに同じようなことを言った奴は、ナイフでわたしの腸に穴を開けた」

ルーポは歯を食いしばった。「一緒にしないでいただきたい」

「レオ・ボナッコルソの第一印象は、あなたよりよっぽど警察官らしかった。とりわけ今日はそう思います。あなたはわざわざここに来ても、手ぶらで帰るはめになるんだから」

ルーポは勢いよく立ち上がって帽子をかぶった。「帰る。言っておくが、こんなにまずい紅茶ははじめてだ」

「ご心配なく。もうお出ししませんから」コロンバは怒鳴りかえした。

ルーポは嫌がらせのためだけにサイレンを鳴らしながら丘の向こうへと消えた。コロンバはすぐさま防水靴を履き、念のため、走って物置小屋を確かめに行った。積み重なった箱を動かすと、クモの巣と埃の層が現われる。最後に柵沿いをチェックした。

ハンマーはなかった。

やはりレオが戻ってきたのか。だが、まったく根拠のない仮説で、単なる直感にすぎない。

コロンバは着替えると、書類の中からレオのモンタージュ画像のプリントアウトを手に取った。彼の写真は一枚もないが、三次元のモンタージュ画像は驚くほど似ている。短い髪、強面《こわもて》、気さくな笑み。この画像は何カ月間も公開されているが、いまだ有力な手がかりには繋がらず、コロンバ自身、誰かに見せる機会もなかった。いままでは。彼女はプジョー208をポルティコまで走らせ、いつもの店で新しい携帯電話を買うと、これで最後になるよう祈りながら、またしてもSIMカードにチャージした。そして暖房をつけたまま街の小広場に車を停め、吹き出し口に素足をのせて、トリップアドバイザーで一帯の全ホテルに近い順から電話をかけまくった。メラスの妹を見つけたのは九軒目のホテルだった。

5

デメトラはアグリツーリズモ〈コッレセッコの山小屋〉で、雄ジカや野生のヤギの頭の剝製を相手に昼食を取っていた。動画で見て想像していたよりも背が低くて若く、黒い服に身を包み、フェイスリフトを施した顔に紫色のアイシャドウを入れている。

「メラスさんですか？　こんにちは……イタリア語はわかりますよね？」コロンバは声をかけた。「このたびはお悔やみ申し上げます」

デメトラは差し出された手を無視した。「もう無料ではインタビューを受けないと言ったはずだけど」強すぎるアクセントを除けば、完璧なイタリア語だった。

「わたしは記者ではありません。カセッリといいます。元警察官です。いくつかお尋ねしたいことがあるのですが」

デメトラは片手で彼女を追い払う仕草をした。その手にはフレンチネイルが施されている。

「わたしに構わないで」

コロンバは向かいの席に座った。「もう一度言いますが、今回のことはお気の毒でした」低い声で言う。「でも、質問に答えていただけないのなら、テロ対策チームに連絡して、あなたがギリシャの無政府主義のグループに関わっていると通報します。嘘だとわかるのは時間の問題ですが、それまで一週間はひどい目に遭いますよ。たとえ実際は極右政党《アルバ・ドラータ》に投票していたとしても」

デメトラはスープの最後のひと口を食べ終えた。「もう警察官じゃないって言ったわよね」

「でも、いまでも警察官の友人はおおぜいいます。どうなるか、試してみますか？」

「兄があなたに何の関係があるの？」

「何も」コロンバはレオのモンタージュ写真を見せた。「この男性を知っていますか？」動揺を隠しきれない声で尋ねる。

デメトラは一瞥しただけだった。「いいえ」

「よく見てください。ひょっとしたら、髭を生やしていたか、眼鏡をかけていたかもしれません。あるいは髪の色を変えていたか」

「知らないわ。誰なの？」

おそらくあなたのお兄さんを殺した男よ、このばか女。「お兄さんと一緒にいるところを見たことがありませんか？」

デメトラは狩りの絵が描かれた皿を押しやった。「いいえ——これで三度目。だから誰なのよ」

コロンバは写真をしまった。「知らないのなら気にしないでください」そして尋ねる。

「お兄さんは誰かに恨まれていましたか？」

「さあ。兄のことはよく知らないから」

「きょうだいなのに？　悪いけど信じられません」

「知っていると思ってたけど、そうじゃなかったのよ」

「どういうことですか？」

デメトラが息を吸いこむと、シリコンの胸の上でブラウスがぴんと張る。「祖父は船乗りだったの」彼女は語りはじめた。「戦後に船を降りて、東海岸のマルコポーロ・メソガイアスで船の修理工場を開いた。祖父が亡くなると、跡を継いだ父が従業員百名の会社にまでしたわ。そして父が亡くなったとき、アリスティデスがトルコの企業に売却したの」

「いつのことですか？」

「二年前」

「何月？」

デメトラは考えてから答えた。「十二月よ。それが重要なの？」

コロンバは曖昧にうなずいたが、自分でもはっきりとはわからなかった。「どんな船を造っていたんですか？」

「大きいのは三百トンまで、あらゆる種類の船よ。でも造ってはいない。修理していただけ。多かったのはヨットで、ヨーロッパじゅうから持ちこまれたわ」

「クルモ号という船を覚えていますか？」

「わたしはもっぱら経理担当で、修理には関わっていなかったから。新しいオーナーに訊いてみて」

「わかりました。あなたはなぜ売却に反対しなかったんですか？」

「わたしに発言権はなかったもの。父はわたしが自分のために生きるのを快く思っていなかった。家にいるのに父親の下着も洗わないような娘のことは。だから、亡くなる前にすべての名義をアリスティデスに変更したのよ」

「それを黙って見ていたんですか？」

「一度、口論になってからは口もきいてもらえなかった」

「それで、お兄さんの奥さんはどんな役割を？」

デメトラは不快感をあらわにした。「知るわけないでしょ。ここではじめて顔を見たんだから。写真で」

「結婚式に招待されなかったんですか？」

「結婚したことも知らなかったわ。兄は女性関係が派手だったけど、真剣に付き合ったのは見たことがなかった」

「人間、進歩することもあります」

デメトラはハンドバッグから携帯電話を取り出してメラスの写真を見せた。一緒に写っているのは東欧系の彫りの深い顔立ちをした二十歳くらいの女性だ。「おおぜいのガールフレンドのひとりよ。下着のモデルをやっていた。結婚相手に似ていると思う？」デメトラは首を振った。

「男の好みなんて、そう変わるものじゃないわ」

6

角のバールで買ったプロテイン飲料を手にローマ県警の建物に戻るあいだに、アルベルティはコロンバに電話をかけた。廊下はいつもより静かだった。おそらくNOAの兵士の半分がミラノに派遣され、しかも登録すべき不法入国者がいないせいだろう。「ドクター、こんばんは」サンティーニの留守中によくそうしているように、アルベルティは上司である彼のデスクに腰を下ろし、足までのせた。「敬語をやめろなんて言わないでくださいよ。危うくぼくをグアンタナモ湾収容キャンプに送りかけた人と親しくする気はありませんから」

「何の話？」運転中だったコロンバは、スピードを落としてヘッドホンをつけた。

「昨日、指示された住所で行なわれている捜査の話です。あなたはもう訪れたんですよね」

「かもね。それで？」

「ヴェネツィアの襲撃事件に関連する死者がATMで家賃を払いつづけていたそうです。その死者がロメロだったんですね」

「心配しないで。わたしが動いていると気づかれたら、あなたにはもう何も頼まないから。二重殺人のことは何かわかった？」コロンバは本題に入った。

アルベルティは電話越しにメモを読み上げた。「メラス夫妻にとくに不審な点はありません。最初の夫の死についても、捜査の結果、事故だと判断されています。トリノ近郊にキノコ狩りに行って、クレバスに滑落したそうです。十三年前に」

コロンバは頭の中ですばやく計算した。トミーは六歳、彼にとってはそれほど昔のことではない。「そのとき妻は一緒だったの？」

「いいえ。妻が犯人だと？」

「あらゆる可能性を考えないと」

「ルーポ准尉については……手短に話しますか？　それとも残らず聞きたいですか？」

「手短に」

「フィレンツェに赴任中に収賄の容疑をかけられて、その後、時効になりましたが、職務に支障のない地方に異動しています」

コロンバは電話に集中するあまり、電池式の信号が赤く点っていることに気づかなかった。この狭い渓谷地帯では、車の流れる方向を交互に変えるため、互いに同期した信号が二キロごとに設置されているのだ。気がつくと、コロンバの目の前に除雪車が迫っていた。ロードコーンをなぎ倒して、すんでのところで正面衝突を免れる。停止したのは百メートル先だった。心臓が早鐘を打っている。外に出て空気を吸うと、ようやくアルベルティと電話をしていたことを思い出した。車の床に落ちていた携帯を拾った。通話は切れていたが、かけ直さずに、ポケットからパーラの番号をメモした紙を取り出した。

「連絡を待っていましたよ」秘書が電話を取り次ぐと、パーラは言った。

「お礼を言いたかったんです。ルーポに黙っていてくれたので」コロンバは言った。

「約束ですから」

「ええ、そうですけど……」コロンバはどう言っていいのかわからず、売店でポルノ雑誌を買おうとする少年のように狼狽して黙りこんだ。

パーラは理解したようだった。「予約を入れますか？」

「いますぐでもいいですか？」畳みかけるように尋ねる。

「無理を言わないで、コロンバ……」

「五分後に行きます」雪の山に突っこむようにして車を停め、診療所に着いたのは十分後だった。

カテリーナが無言でコロンバをデスクに案内して尋ねた。「拳銃を持っていますか？」

「ええと……」

カテリーナが手を差し出す。

「弾倉だけでもいいですか？」コロンバは尋ねた。

「今日だけですよ。次回お持ちになったらお帰りいただきます。薬室の弾《たま》も預けてもらいます」

コロンバが弾倉を外すと、カテリーナはすぐさま銃弾を抜いた。

「慣れた手つきですね」

「兄弟が三人いるんです。みんな狩りをするので。銃も弾も子どものころから見慣れています」

「あなたも狩りを？」

カテリーナはにっこりしてピンク色の舌の先を出してみせた。「銃は使わないけど」

今夜のパーラはジェームズ・ボンドの出来損ないみたいで、眼鏡もサンダルも含めて全身真っ白だった。「トミーはどうしてますか？」コロンバは尋ねた。

「まあまあです。グループホームに移りました。裁判がうまくいかなかったら彼はどうなるんですか？」

「トミーのようなケースは起訴できません。それはあなたもよく知っているでしょう」コロンバは言った。「司法官が専門家の報告書を読んで責任能力がないと判断したのちに、保護観察所に身柄を委ねられます」

「それに要する期間は？」

「何とも言えませんが、少なくとも明日ということはないでしょう。司法官はきわめて慎重で、決定的な証拠を求めている。でも、それは存在しないはずです」レオが故意に残さないかぎり、とコロンバは頭の中でつけ加えた。

パーラは椅子を後ろに傾け、両手を腹に置いた。「なぜここに来ようと思ったんですか？」

コロンバは答えに詰まった。自分でもよくわからなかった。「ローマ県警の近くに、いつも見かける人がいます……いました。その人はみんなに向かって、教皇はテレビを通じて自分に語りかけていると叫んでいるんです」

「どの町にもひとりはいる」

「それでいつも疑問に思っていました。教皇が自分だけに語りかけていると、なぜきっぱり言いきれるんだろう。何を根拠に自分がそれほど大事な存在に思えるのかって」

「あなたも教皇の言葉に耳をかたむけているんですか?」

「いいえ。でも、自分をどれだけ信じられるかがわからない。願望が現実以上の力をもつのが怖いんです。単なる偶然にすぎないことに固執するのが」

「そのことをわたしに話すつもりは?」

「ありません」

「わかりました……その願望というのは恋人が帰ってくることですか?」

コロンバは驚いた。「ダンテのこと?」

「ええ。何か問題でも?」

「わたしたちは恋人とか、そういう関係ではありません。ただの友人です。彼は捜査に協力してくれて、ホテルで何度か食事をごちそうになったけど、ベッドに行くようなことはなかった」

「それでも、ふたりの関係は親密なものに思えますが」

コロンバは傷ついた指を握りしめた。「大事なことは互いに打ち明けました。でも、彼はわたしのタイプじゃない。わたしたちは違いすぎるんです。あれほど頭のいい人には会ったことがないけれど、彼は偏執的で、常識や決まりごとを軽蔑して……」コロンバは肩をすくめた。「何も信じないし、誰も信じない」

「あなたのことも？」

「たぶん。それであんなことに」

「あなたが彼を救うことができなかったから」

コロンバは喉に苦い涙がこみ上げるのを感じた。「最悪。ハンカチを貸してもらえますか」

パーラは何も言わずにティッシュの箱を投げて寄越した。コロンバは鼻をかんでから立ち上がった。「また来ます」

「まだ時間はある」

「わたしはないんです」

「五分だけ。騙されたと思って」パーラはやさしく言って彼女を座らせた。「コロンバ、あなたにも限界がある。どんな人間にもあるように。そして、つらい経験に苦しんでいる。だが、あなたがテレビの声に耳をかたむけるとは思えない。ここに来たのは、自分がまだ理性を保っていることを確かめるためではない。自身を信じられるかどうかを知るためだ。みずからの判断を」

「それで、その答えは?」

「あいにく自力で見つけなければならない。だからこそ余計に生きるのがつらくなる。あなたが何に悩み、苦しんでいるのかはわからない。でも、正しい道はかならず見つかります」

「それがわたしの思いこみでなければ」

「たとえそうだとしても、とりあえずその道を進んでみるんです。きっと答えは見つかります、いずれは、ね」

7

　作戦は終了間近だった。各警察組織の協力を得て、ＮＯＡはロメロのアパートメントを立入禁止にし、建物の住民をひとり残らず調べた。総勢五百名近い作戦部隊に加えて北イタリア各地からも捜査員が応援に駆けつけ、地元の県警は日ごろ椅子にへばりついているような者も動員した。そのなかにスキンヘッドのゴリラのような男がいた。クラウディオ・エスポージト警部だ。彼は機動隊から北部への異動を願い出て承認された。人事部に所属するいまでは、仕事は定時に終わり、休暇や優遇が目当ての同僚におべっかを使われ、拳銃は金庫で埃をかぶっていた。

　最初は交通整理を割り当てられていたエスポージトだったが、県警本部長に挨拶をすると、付近で唯一の煙草屋が併設されたバールへ向かった。店は大騒ぎする警察官であふれかえり、外にひとつだけ置かれた雨に濡れたテーブルには、コートのボタンを首まで留め、アイルランド製のベレー帽を鷲鼻に届きそうなほど目深にかぶったサンティーニが座っていた。「見ましたか？　すごい騒ぎですね」エスポージトは声をかけた。

「いつものことだ」サンティーニが煙草をくわえると、エスポージトはムッソリーニの顔が描かれたジッポーでそれに火をつけてから腰を下ろした。「ボナッコルソを捜しているそうですね。シリアにはいなかったんですか？」

「どうやらそのようだ」サンティーニは船の残骸が見つかったことを手短に説明した。おそらく極秘情報だろうが、エスポージトは余計な口を挟むべきではないと心得ていた。「救命艇が搭載されている。あのクソ野郎はそれで逃げたにちがいない」

「それがどうしてここへ？　リナーテ空港の襲撃でも企んでいたんですか？」

「ばかなことばかり言っていると、そのうち本物のばかになるぞ」サンティーニが警告する。

エスポージトは笑いをこらえた。「大丈夫です、あなたの命令に従いますから」忠誠心もエスポージトの長所だ。「それで、トッレは？」

「ボナッコルソが生きているとすると、連れまわしているとは思えない。いまごろあの世で楽しくやってるさ」サンティーニはベレー帽の下で目を細める。「そんな悲しそうな顔をするな。おまえは彼に腹を立てていたじゃないか」

エスポージトは肩をすくめた。「彼女はどう考えているんですか？」

「自分で訊きに行けばいいだろう。昔住んでいた家に戻った」

エスポージトはグラッパを注文した。「やめておきます。自己嫌悪に陥るだけですから。トッレの捜索に身を捧げていないので」

「みんな同じだ」サンティーニは言った。

やがてロメロのアパートメントの建物から私服捜査官のグループが出てきた。そのなかに、ひとりだけ防弾チョッキを着けていない男がいた——ディ・マルコだ。

「大佐は自分が不死身だと思っているようですね」エスポージトは言った。

「頑固親父め。おおかた髭も銃で手入れしているんだろう」

そのときサンティーニの携帯電話が鳴り響いた。自分のデスクの番号だ。「おい、なぜおれの電話を使ってるんだ？」

アルベルティは忠誠心との葛藤に気を取られ、そのことをすっかり忘れていた。「ぼくの電話は修理中なんです」彼は慌てて言った。「ちょうど、サインをいただきたい書類をここに持ってきたところだったので」

「もういい。で？」

「愚かなことをしてしまいました……元副隊長に頼まれて、ある人物について調べたんです。通常の身元調査だと思って……」

ディ・マルコがまっすぐこちらへ向かってくる。サンティーニは目を閉じて、オフィスまで戦闘機を飛ばして窓からアルベルティに向けて機銃掃射する場面を想像した。「ミラノ在住の人物か」

「はい。ですが、ぼくにはひと言も……」

「わかっているはずだ、あの女の目当てはひとつだけだと。おれを何だと思ってるんだ」サンティーニは遮った。

一瞬、沈黙が流れる。「もう一件、彼女の家の近所で発生した二重殺人についても調べてほしいと頼まれました。それも何か関連があるんでしょうか？」

サンティーニは煙草のフィルターを嚙んでばらばらにした。「調べたことをメモにして、おれのデスクに置いておけ。何が起きても対処できるように。それから何もしゃべるな。この件が明るみに出たら、今度はただじゃすまないぞ」

サンティーニは電話を切った。大佐がすぐ横で足を止める。「席を替われ、エスポージト」

「その必要はない。ちょっと来てくれ」ディ・マルコが言った。

サンティーニは彼の後についてゆっくりとした足取りで建物の裏側へ回った。そこには作戦本部が置かれ、装甲車が並んでいた。それだけでなく、滞在許可証やビザに不備があった外国人——中東や北アフリカの男女がざっと三十名——も集められている。警察官も足止めを食らった者も、みな怒鳴り声をあげ、子どもたちは泣いていた。

「アパートメントで何か見つかったんですか？」サンティーニは目をそらして尋ねた。こうした光景にはうんざりしていた。

「いまのところは何ひとつ。だが、隣人が挙げた特徴は完全にボナッコルソに一致する。一年以上あそこで暮らしていたらしい。といっても、ほとんど姿を見せなかったようだが。その後、クルモ号が発見されると逃げた」

「彼に知らせた者がいるはずです。リビア人ですか？」

「そこは重要ではない。いまのところはな」ディ・マルコはロメロの家の窓のほうに目を向けた。「隣人の話で、もうひとりの人物が浮上した。昨日の晩、襲いかかってきて彼女と息子を殺すと脅したらしい。美しい女性で、髪は短くて、目は緑で……」ディ・マルコは言葉を切って彼を見たが、サンティーニは反応しなかった。「つまり……」

サンティーニは口髭をつまんで答えた。「つまり、何ですか？　カセッリが本当にここに来たのかどうか、わたしは何も知りませんが、来ていたところでそれほど驚くことでもありますまい」

「カセッリはきみの問題で、彼女を制止するのはきみの役目だ」

サンティーニはまたしても煙草に火をつけ、エスポージトからライターを奪ったことに気づくと、〝大あご《マシエッローネ》〟ことムッソリーニの顔を手のひらで隠した。「もう警察官ではないし、ローマにもいない。それに、あの大がかりな海底探査に彼女を同行させたのはあなただ」

「死体の身元を特定できると思ったんだ。そうすれば、これ以上われわれを悩ませるのはやめるだろうと。カセッリが有力な手がかりを発見しながら消した可能性は？」

サンティーニは〝わからない〟と言おうとして口を開きかけたが、その機会は奪われた。

ふいに背後からトラックのような勢いの熱波に突き飛ばされ、ディ・マルコにぶつかるやいなや、大佐もろとも空中に放り出されて、彼らの絶叫も何もかもかき消す轟音になぎ倒された。サンティーニは歩道の縁石にあごを打ちつけた。ディ・マルコは陸軍士官学校で習ったように流れに逆らうことなく身を任せたが、マンホールに激突して両手首を折った。

ディ・マルコもサンティーニも意識を失わなかった。おかげで、ロメロの隣人が赤ん坊とおぼしきものを抱いて三階の窓から炎に身を投げるのが見えた。

第四章

1

ダンテはかつて〈スカートラ〉のキッチンだった場所を見まわす。ほとんど何も残っていない。大きな窓はガラスがなく、壁は濾《こ》し器のように穴だらけだった。

レオは引っくりかえった箱に腰かけている。彼の横には倒れた冷蔵庫があり、その上にキャンプ用のコンロが置かれていた。彼がこっちに来いと手招きし、ダンテは従う。ほかにどうすればいいのか。逃げる？　力が残っていないうえに身体の芯まで凍えている。体内のレベル計は砕け散ってしまった。

「おまえはコロンバを刺した」この状態でも感じる恐怖をこらえて言う。「彼女を殺した……」渦の底に引きずりこまれるのを感じる。その悪名高い場所の泥濘に足を取られる。

「彼女は元気だ」レオは言う。

「ぼくはこの目で見た。あの血を……」

レオはマールボロの箱とライターを放る。「何の危害も加えていないとは言っていない。

一服して落ち着け」

ダンテは手袋をした手で煙草を口にくわえる。とたんにすばらしい風味が広がり、ニコチンの強烈な刺激が思い浮かぶ。だが軽くひと口吸っただけで吐き出し、箱を持ち主に投げかえそうとする。けれども力が入らず、レオがふたつの小さなプラスチックカップにコーヒーを注いでいる冷蔵庫までも届かない。「おまえからは何も受け取らない」ダンテは言い放つ。

「そのコーヒーもケツの穴に注ぐといい」

「そう興奮するな。コロンバを殺すつもりなら、逆方向に刃をひねっていた。ザクッと動脈を掻っ切って」レオはコーヒーをすする。

レオの嘘はいつも巧妙だ。ダンテには判断がつきかねた。もし本当だとしたら？　「彼女が大事なのか？」

「無駄話をしている暇はない」レオが腕でコンロを払いのけた拍子にコーヒーマシンが引っくりかえり、飛沫を飛ばしてダンテのほうに転がってくる。武器にできないか、とっさにダンテは考えたが、拾い上げようとした瞬間、コーヒーマシンが十センチほど水に沈んでいることに気づく。

「どういうことだ？」足を動かしながら尋ねる。キッチンの床を突き抜けるような感覚だ。

放射能汚染水。

「何でもない」

水はすでにくるぶしまで達している。いまや天井からも流れ出て、壁を伝い落ちている。

オゾンと灯油のにおいがする。ダンテは出口へ向かおうとするが、足を滑らせて後ろに転び、死者のように仰向けに水に浮かぶ。「助けてくれ、放射能が」

「恐れるべき存在はほかにある、兄さん」レオは彼の上にかがみこんで言う。

ダンテは床に足をつこうともがくが無駄だった。防護服が救命胴衣となって起き上がれない。だが、被曝は防げる。「何だ？」

「物ではない。人間だ」

レオは話しつづけているが、大量に流れこむ水の音が彼の声を呑みこむ。ダンテはコルク栓のように流されていく。

いまやレオは廃墟の中の点となり、声はモーター音となる。彼は手を振って別れを告げ、やがて波間に消える。

そしてダンテの頭上で水が口を閉じ、すべてを飲み干す。

2

その日の終わりに、コロンバはプジョー208をポルティコの整備工場へ返しに行った。ロリスはドアを閉めようとしているところだったが、彼女の姿を見て喜びの声をあげた。

「てっきりおれの愛車と駆け落ちしたのかと思ってたよ。かわいがってくれたかい？」

「もちろん。で、わたしのポンコツ車は？」

「三十分前に修理が終わったんだが、きみの連絡先がわからなくてね」

「それでいいのよ」コロンバはキーを投げた。

ロリスは愛車を丹念にチェックしてから、コロンバをパンダのもとへ連れていった。おんぼろ車は内側も外側もきれいに洗われ、ボディのへこみも修理されていた。新車とは言わないまでも、これなら廃車買い取り業者に盗難車だと思われることもあるまい。もっとも、プジョー208と比べるとエンジン音は屁のようだった。

「エアコンフィルターとクラッチも交換しておいたよ」ロリスが言った。「それから、後部座席の下にスズメバチの巣があったぜ。運よく空だったけど。安くてもっといい車を見つけてやるよ」

「思い出の品なの」

「大事なのか？」

「父の車。父もいまのわたしと同じで、街に下りるときとメッザノッテに戻ってくるときにしか使わなかったけど。長距離のときはシュコダに乗っていたから」透かしの入った革のハンドルカバーのにおいはいまでも覚えている。

「つまり、きみはこのあたりの生まれということだな」

「父方の家族だけね。祖父はサンタンナ・ソルファーラで働いていて、工場が閉鎖されてローマに移り住んだの。修理代を払うには、腎臓を売らないとだめそう？」

「おれはその外側のほうに興味があるけど」ロリスはにやりとした。

「冗談はやめて」

事務所の書類の受け渡しに使う片引き窓に、二十インチのテレビの映像が反射していた。断続的にきらめく閃光に驚いて目を上げると、立ちこめる黒煙に向かって勢いよく放たれる消防車の水にかぶさるように、〝臨時ニュース〟の大きな文字が左右反転して映っているのが見えた。やがて画面は低空飛行のヘリコプターで撮影された映像に切り替わる。地上には救助車や警察車両が隙間なく並び、最後に、コロンバが訪れてから二十四時間も経っていない建物が映し出された――内部はコンクリートのスフレのごとくふにゃふにゃで、まっすぐ立っているのは壁だけだった。

ロリスが何か言ったが、コロンバは彼には目もくれずに、相手の無事を祈りつつ電話をかけた。電話をとったアルベルティは、まさにその同じ映像が流れる警察署の部屋から飛び出したところだった。アルベルティによると、サンティーニとディ・マルコが救急救命室へ運ばれたが、命に別状はないという。だが、点呼の結果、捜査官および兵士二十名と住人七名の安否が不明だった。ガス漏れという説もあったが、誰も事故だとは信じておらず、誰もが犯人はひとりしかいないと考えていた――その名を公《おおやけ》に口にすることはなかったが。レオ。

コロンバはゾンビのような手つきで修理代を支払うと、石鹸とパインニードルの精油の香りがするパンダの運転席に乗りこみ、やはりゾンビのようにメッザノッテへ向かった。ロリスはチェーンも交換し、おかげで機銃掃射のような音はましになっていたが、いずれにしてもコロンバの耳には届かなかっただろう。レオがボタンに指を当てながら、丘陵地帯で暮らすか、すぐさま死を迎えるかを選べと迫る姿を思い浮かべる。自分が間違った答えを口にしていたら？　気づく時間はあったのか、それともすべては一瞬のうちに終わったのか。

コロンバはすでに三度の爆破事件に巻きこまれ、いずれも爆風のおかげで九死に一生を得た。原爆が投下された際に広島にいて、助かって生まれ故郷の長崎に戻ったら二度目の被曝をした、あの日本人のようだ。もし次があったら、彼は生き延びていなかったかもしれない。それは自分も同じだろう。

自宅に戻って長靴を脱ぐなり、丘の斜面を回転灯の光の列が近づいてくるのが見えた。急襲を覚悟していたが、カラビニエーリの車とマークのないバンが二台ずつ、門の前に静かに停まった。降りてきた者が空き地に集まる――そのなかにルーポと彼の部下もいた。コロンバはパーカーをはおると、注意深く両手を身体から離したまま玄関に姿を現わした。「わたしは逮捕されるの?」

ルーポは楽しんでいるかのような顔で柵に近づいた。「いいえ。ですが、ミラノの一件によって襲撃のリスクレベルが〝アルファ・ウノ〟まで上昇しました」攻撃が進行中という意味だ。「それに伴い、危険度の高い場所を監視するように命令が下りました。そして爆弾があれば撤去するように、と」

「わたしと何の関係が?」

「あなたは危険な状況に置かれた人物のリストに入っています」

「危険といっても、きわめて低いわ。それはお互いわかってるでしょう」

「いくら低くても危険は避けたい。あなたのためにも、隣人のためにも」

「隣人なんかいないのに……」

「ペルージャから爆弾処理班が応援に来てくれたおかげで、わたしはすぐにここに来られたというわけです」ルーポは異議を無視して言った。

コロンバは金網を勢いよく叩き、ルーポは思わず飛びのいた。「そうやって楽しむ気ですか、准尉?」

「いや、楽しみたがっているのはあなたのほうでしょう。わたしはひざまずいて協力を求めた」ルーポは対爆スーツに身を包んだ爆弾処理班の兵士に合図をした。

兵士が前に出る。「フランキーニ中尉です」強いナポリ訛りだった。「家にはほかにどなたかいらっしゃいますか？」

「いいえ」

「二、三時間はかかります。その間、散歩に行かれても構いませんが」

「いいえ、けっこうです。ここで見ています」

「柵の外の安全な場所からにしてください。規則ですから」

コロンバに逆らうという選択肢はなく、本人も逆らおうとはしなかった。「無駄骨ですよ、中尉」

「つねにそうであることを願っています。家の中に爆発物は？」

「キッチンの引き出しに銃弾の箱がひとつだけ」

「ドアは開いていますか？」

「ええ」

「けっこうです。では、どうぞ外でごゆっくり」中尉は促した。

コロンバは腹を立てて外に出ると、カラビニエーリの車のボンネットにもたれた。フランキーニと彼より若い同僚はプレートを装着した。完全防備の身体は巨大で、手足は短く、保護眼鏡のついた黒いヘルメットをかぶった頭はとても小さく見える。ふたりは爆発物探知機を手にゆっくりと調べながら進み、玄関に着くと、中尉はドアの錠に光ファイバーのセンサーを差しこんで反対側に危険物がないことを確認した。

「少し大げさじゃないですか？」コロンバは叫んだ。

「ご心配なく、カセッリさん。手順は心得ていますから」すぐそばで監視役のマルティーナが答えた。

「これが心配せずにいられる？　それに、気安く〝さん〟付けで呼ばないで」

中尉は慎重にセンサーを引き抜いた。「そこらじゅうに物がありすぎる」彼はバンのそばに立つ防護服を着ていない三人目の兵士に向かって叫んだ。「遠隔操作ロボットを用意しろ」

「冗談でしょう？」コロンバは声を荒らげたが、誰ひとり答えなかった。あたかも彼女をこのうえなく苛立たせるために周到に作成された脚本に従って行動しているかのように。

三人目の兵士はバンのバックドアを開け、水圧式リフトのついたロボットを降ろした。両側に三つずつ車輪がついたキャタピラーと、先端がペンチ型のアームが取りつけられ、どことなくピクサー映画の〝ウォーリー〟に似ている。兵士は三脚を組み立て、その上に小さな液晶モニターのついたコントロールパネルを置いた。いくつかレバーを動かすと、ロボットのキャタピラーが作動し、雪に轍《わだち》を残して前に進む。携帯型X線検査装置、内視鏡、微粒子検出器、第三者による無線コントロールを防ぐ周波数帯変換器が次々と取りつけられた。高圧の放水銃を装備することも可能だったが、運よく今回は省略された。

ロボットは開いたドアから家の中にカメラを差しこんだ。モニターの前の兵士がコロンバのキッチンの汚れた皿をズームアップした。「何も見当たりません」無線で報告する。

爆弾処理班は慎重に足を踏み入れた。家具の中や下には、干からびた食べ物や埃があるだけだった。一階が終わると、ロボットは壁に泥をはね飛ばし、ゴジラのようにうなりながら階段を上った。その後ろからルーポが現われる。モニターでその姿に気づいたコロンバはすばやく身を起こし、家の中に駆けこんでルーポに追いついた。「あなたは爆弾処理班じゃないでしょう、准尉」

「監視役だ。文句を言うなら司令官に言ってくれ」

「どさくさに紛れて家捜しってわけ？」

ルーポは彼女のほうに身をかがめた。「そのとおり」低い声で言う。「わたしがどんなに楽しんでいるか、想像もつきますまい。ブルーノ、この方を外にお連れしてくれ」

曹長が命令に従うべく近づいたが、コロンバの視線に凍りつき、モニターの後ろに戻って、素知らぬふりをしている三人目の兵士の陰に隠れて息を潜めた。

二階の捜索が終わると、一行はまったく同じ順で下りてきた。シンクの前を通る際にロボットがぶつかり、皿が床に落ちて割れた。コロンバはオペレーターに文句を言った。「すみません」彼は顔を赤くして謝った。

ロボットが庭に戻ってくると、ルーポは玄関の段に腰を下ろした。コロンバは彼の禿げ頭に石でも投げつけてやろうとあたりを見まわしたが、そこへマルティーナが走ってきた。

「爆弾処理班が何かを発見しました。すぐに避難するようにとのことです、准尉」

「本当か？」ルーポは冷静に尋ねた。「どこだ？」

「裏の小屋で」

「わかった。みんな外に出ろ」

モニターには、雪の中、物置小屋のそばに身をかがめているふたりの兵士が映っていた。

「何なの？」コロンバは尋ねた。

オペレーターが探知機の画面を見せて説明する。「地下五十センチに埋設されています。金属製ですが、排水管ではないようです。心当たりは？」

「ちっとも」

ふたりの兵士は一度に一グラムずつ土を手で掘り、目的物に近づくと、ひとりが意を決して穴に手を突っこみ、引っ張り出したものを包んでいた枕カバーを広げた。

「取り出しました」出てきたものを振りながら無線で報告する。「ただの古いハンマーです」

だが次の瞬間、もうひとりの兵士が恐怖に満ちた目でそれを見つめているのに気づき、その視線を追った。

ハンマーの先に人間の耳が突き刺さっていた。

3

キャタピラーの跡だらけで泥まみれのキッチンで、コロンバはソファに寝そべってテレビを見ていた。爆発事件の行方不明者の数は五名に減り、死者が七名に増えた。夜中の一時近くにルーポがふたたび現われた。「メラスの遺体の耳が一部欠けていました。監察医は一致すると言っています。寒さのおかげで保存状態がよかったと。凶器が発見されたわけですな」

コロンバは何も言わなかった。

「自主的に引き渡すか、あるいは捜索を許可してもらえればよかったんですがね。おかげでますます厄介なことになりそうだ」

「トミーがわたしに気づかれずに穴を掘るのは無理です。それに、もし掘ったとしたら雪に残った跡が目につく」

「わたしだって、そう思いますよ。本当は、あなたがハンマーを見つけて隠したんじゃないですか。あの若者を守ろうとして」

「ほかにいくらでも捨てる場所があるのに？　冗談でしょう。それよりも、事件を早く解決したがっていて、しかも、よりによって今日、金属探知機を持ってくることにした人物の仕業だと考えるほうが自然だけど」

「これでも警察官ですよ」

コロンバは彼をにらみつける。「その警察官が手当たり次第にハンマーを没収していたのはどういうわけ？」

ルーポは歯を食いしばった。「証拠品押収の調書は、その他すべての手続きとともに明日の朝に作成します。わたしのオフィスに八時に来てください」

コロンバは一行が遠ざかるのを待ったが、鬱陶《うっとう》しいことに、一台だけ門から数メートルのところで停まった。暗すぎて運転席にいる人物の顔は見えなかったが、凶器隠匿の容疑者がどこにも行かないように朝まで監視するつもりなのはわかっていた。

誰だか知らないけど腹が立つ。

コロンバは飲み物を探した。冷蔵庫には何もなかったが、パントリーに賞味期限が前年で切れている六缶パックのコーラとラム酒のカクテルを見つけた。そもそもおいしいものではないうえに、常温で飲むとよけいにひどい味がした。

パーカーをはおり、監視の目を避けて、裏口の小さなポーチの陰に椅子を引っ張っていく。足で雪をかき集め、そこに缶を埋めてから、一本ずつ空けていった。三本目で程よい冷え加減になる。風は肌を刺すほど冷たく、気温は氷点下だった。木の枝で小さなつららがかすかに音を立てている。ルーポは雪辱《せつじょく》を果たした。ディ・マルコもすぐに到着するだろう。間違いなく。あの爆発事件が起きなければ、わたしが捜査に介入しても目をつぶっていたにちがいない。だが、こうなった以上は……自由に行動できるのは今夜が最後かもしれない。

コロンバは腕時計に目をやった。父の形見のステンレススチール製の男性用で、数字と針に夜光塗料が施されていた。

午前二時。最後の夜なら有効活用しない手はない。

4

午前二時十分、マルティーナはフロントガラスを伝う水を拭き取ると、ふたたび毛布にくるまった。どのような理由で自分がパトロールカーに置き去りにされたのかはわからないが、外の気温を考えれば幸運だった。だが、エンジンをかけっぱなしにするわけにはいかない。音は何キロ四方にも響きわたる。ルーポに徹夜で見張るよう命じられても抗議はしなかった。けれども、すでに時間外勤務の上限は大幅に超えていた。ルーポはとやかく言う者を〝労働組合主義者《サンディカリスト》〟と呼んで嫌い、〝家族主義〟に反する者、すなわち彼の言うことに従わない者は冷遇する。マルティーナはどうにかうまくやっていたが、早くもっと大きな都市に異動したくてたまらなかった。そうすれば、こんなふうに好き放題に振る舞う上司も無能な腰巾着もいないだろう。それも時間の問題となったいま、良心の呵責《かしやく》や躊躇がまったくないわけではないが、もはやこのような状況には耐えられなかった。

マルティーナは携帯電話のイヤホンをつけ、〝ラジオ・アナナス〟というアプリを開いてミラノの最新状況を聴きながらも——犠牲者は十名に増えていた——コロンバから目を離さなかった。木々の合間から、家に戻ったコロンバが中で動く影が見える。はじめて会ったときから〝わたしは何もかも知っている〟という顔で癇《かん》に障る女だったが、彼女のせいで徹夜を強いられてますます腹立たしかった。機動隊がコロンバみたいな人ばかりだとしたら、カラビニエーリに入って正解だった。一緒に働くことを想像しただけで……。

埃のような細かい雪がふたたび降りはじめ、地面を這う風に舞い立てられて満月の光にきらめく。そして暗い木々の合間を滑るように現われては消え……。

やがて雪の中に、車の前に立つ人間の形が浮かび上がった。

マルティーナがとっさにライトをつけると、雪の小片は燃え上がったリンさながらにすべてをかき消した。自分の愚かさを罵りながらすぐさまライトを消す。網膜に、黒い点々のついた白い道と、ぼんやりとした人の姿が焼きついていた。瞬きをすると人の姿は色褪せた。念のため、コロンバがいるかどうか家のほうに目を向けると、一階で動く影が見えた。

おそらく犬の訓練士か誰かが餌を与えに行ったにちがいない。暗闇のなか、谷のあちらこちらで犬の吠える声が聞こえた。さっきから互いに何を訴えているのか。ひょっとしたら犬版のメッセンジャーアプリのようなものかもしれない。〝今日は何食べた？　またドッグフード？〟〝そう。それからお尻の穴をたっぷり舐めたよ〟

マルティーナはひとりでくすくす笑った。ところが、またしてもうっすらと人影が見えた。今度は細道のカーブを歩いているようだった。どことなく見覚えがあるような気がしたが、その理由はわからなかった。

マルティーナはロックを外し、ドアを半分開けた。氷のような風が首筋に突き刺さり、思わず身震いする。こんな時刻に外に出て、ただの地元の住民であろう人物にわざわざ職務質問をする必要はあるまい。どうせ犬の様子を見に行った飼い主にちがいないだろうから。

でも……。

でも、犬はあいかわらず吠えつづけ、大好きな飼い主に喜んで飛びついている様子はうかがえない。むしろ見知らぬ人間の気配を嗅ぎつけ、番犬としての役目を果たしている吠え声だった。

ということは……マルティーナはためらいながら自問した。誰だか見に行くか、それとも気づかないふりをする？

けれども後者の案は少しずつ影をひそめ、マルティーナは誤った判断を下した。

5

午前三時一分前、コロンバは身支度を終えてリュックを背負った。中身は粘着テープでおおった懐中電灯、ゴム手袋、シンクの下で見つけた太いクギ抜き、それに七〇年代に流行った木製のスノーシュー。レオも持っていれば、メラス夫妻を殺害した晩に使用したにちがいない、とコロンバは考えた。何らかの理由でトミーを見逃した晩に。ミラノで自分を見逃したように。建物ごと吹き飛ばすのではなく。

そう考えるとぞっとした。

ボアのジャケットを脱いでスキーウェアを着ると、監視の目をかいくぐって裏口から外に出た。暗がりのなか、骸骨のようなハシバミの木に囲まれた庭の端まで急ぐ。その先は闇が野原をうねらせ、十メートルほどの急勾配へと続いていた。茨《いばら》と崩れやすい地面のせいで下りるのは不可能に近かったが、コロンバはこの一帯を知り尽くしていた。

いちばん低い枝をつかんで半分まで下りると、そこからは、突き出した岩を避けながら雪の上を一気に滑り下りた。着地した拍子に膝まで埋まったが、重い雪と格闘しながらスノーシューを両足に取りつける。こんなものを使ったのは警察学校以来で、しかもあのときはプラスチック製だった。こちらは第二次世界大戦の映画に出てきそうな代物だ。ガチョウのように二、三歩進む。そのまま埋もれてしまうかと思ったが大丈夫だった。どういうわけか戦時中の遺物は役に立った。

道路から見えないように、端の隆起に沿って前方の丘の黄色い光を目指す。道はずっと上り坂で、血液からアルコールが抜けると、ふくらはぎ、脾臓、続いて背中が痛みはじめた。何度も休まなければならず、一度はイノシシの家族が植物の根をかじるのをやめるまで待つはめになった。モンテニグロの町外れに着いたのは午前五時。そのころには、疲労困憊のうえにすっかり凍えていた。

汚れていない岩に座って呼吸を整え、カクテルの最後のひと缶で乾杯してから町の様子を見てまわった。真っ暗でひと気はなく、あたかもゴーストタウンのようだった。唯一、かすかな光を放っていたのは、通りの突き当たりにあるメラスの家の前に停められたカラビニエーリの車だった。少なくとも現場の警備は解除されたと思っていたが、当てが外れた。

斜面に這いつくばって目抜き通りの反対側の端までたどり着くと、通りを渡って小さなサッカー場に入り、メラスの家の裏に出て、門を飛び越えた。

家の反対側からは、カラビニエーリの車の低く抑えたいびきと甘いBGMが聞こえてくる。運転手の声は聞こえない。おそらく居眠りしているのだろう。

懐中電灯を口にくわえて手元を照らしながら、キッチンの鎧窓《よろい》を力ずくで開ける。折りたたみナイフを使った際にかすかな音を立てると、静寂のなかに爆発音のように響きわたった。

さいわいにも窓は少し開いた。

コロンバはよじ登って窓から侵入し、シンクの横に下り立った。血に染まった物は跡形もなく、足跡には科学捜査班の粘着テープで印がつけられている。寝室は遺体もベッドも運び去られていたが、壁や天井は血で汚れたままで、どす黒く、松脂《まつやに》のように粒立っていた。

悪臭はほとんど消えており、コロンバは厳しい気候と、暖房を切った人物の先見の明に感謝した。そしてゴム手袋とシューズカバーをつけると、さっそく捜索を始めた。

隠されたものは何ひとつなく、暗号の記された手帳も、マイクロフィルムや毒カプセルも見当たらなかった。残っているのは、装飾はないに等しい最低限の生活の痕跡だけだった。色は控えめで配色も平凡な、そこそこ良質の家具。安物のギリシャ土産。わずかなブランド服はすべて女もので、男ものはイタリアのデパートで購入したグレーやブラウンの安くも高くもない服ばかりだった。唯一おしゃれなのは結婚式用のスーツだったが、セロファンに包まれ、一度も使われた形跡はないようだった。

トミーの部屋にも気になるものはなかったが、居間の戸棚にカメラが半ダースほどしまわれているのを見つけ、コロンバはメラスが森で写真を撮るのが好きだったことを思い出した。そのうちの一台の電源を入れ、保存されている画像をざっと確かめた。自然の風景ばかりだったが、撮影者には芸術において最も基本的な能力に欠けていた。きちんと小鳥の全身にピントの合った写真は稀で、ほとんどがぼやけた木の葉や幹だった。タイムコードによると、わずか数分のうちに連写されたものも少なくない。

メラスは写真にまったく関心がなかった。

毎日出かけるための口実にすぎなかったのだ。この土地に来て、やるべきことをやるための――コロンバの様子を探り、誰かを殺し、レオに会うための。一方で、妻は息子と家に留まっていた。自分たちの面倒を見てくれる人物に出会い、幸せだったにちがいない。戸棚の奥に小さな箱があり、中にメモリーカードが五十枚ほど入っていた。メラスは、いつ誰から努力の成果を見せてほしいと言われても困らないように備えていたのだろう。

コロンバはカメラのメモリーカードを入れ替えて、ふたたびスライドショーを開始した。またしても木々――今度は秋の紅葉――やピンぼけの小鳥、ゆがんだ構図のショットばかりだった。だが、ふと景色が変わらないことに気づいた。このねじれた木はさっき見たものではなかったか。前のカードを別のカメラに差しこみ、手にしているカメラと並べて見る。撮影された季節は異なるが、たしかに同じ木だ。背景の山までの距離もほとんど変わらなかった。メラスが毎回同じ場所に行って写真を撮っていたとしたら、画像から行き先がわかるかもしれない……おそらく。コロンバはメモリーカードを残らずトミーのベッドにばらまいた。それぞれに保存されている画像が二百枚として、少なくとも一万枚はチェックすることになる。どれだけの時間がかかるかは考えないようにして、さっそく作業に取りかかった。

6

午前五時二十分前、ルーポは分署の最上階にある自室で眠っていた。そこはテキサス・メキシカン風の装飾を加えた職務室といった趣で、小さな居間にはフォーマイカの会議用テーブルがあるかと思えば、緑のプラスチック製の大きなサボテンや、茶色のまだら模様の銃を脚に立てかけたビリー・ザ・キッドの例の古いポスターが飾られていた。高音質のステレオからは、ボタンを操作しなくてもカントリーミュージックかサザンロックが流れるようになっている。一方、寝室にはハーレーダビッドソンに乗ったルーポの特大サイズの写真が飾ってあった。人生で最も楽しかった休暇で、アメリカを横断したときのものだ。

ルーポは三等准尉からの電話で飛び起きた。「どうした」寝ぼけた声で携帯に問いかける。

「マルティーナが消えた」

瞬時に眠気が吹き飛ぶ。「消えたって、どういうことだ」

「眠れなかったから、見張りを交替するか、せめて付き合おうと思って連絡したんだ。おまえが当番の変更を嫌がるのはわかっている。だが……」

「その話はあとだ」ルーポは言った。いくらやめるように命じても、ネローネがたびたび勝手に当番を変更していたことは知っていた。それで見に行ったら、車はあったが彼女はいなかった」

「無線で連絡したが返事がなかった。携帯にも出なかった」

「カセッリはいたのか？」

「明かりはついていたが、確かめに行くのは憚《はばか》られた。カセッリが出かけて、マルティーナが尾行しているとすれば、連絡してくるはずだ」

「未舗装道の入口で待ってろ」

ルーポはエスプレッソメーカーを火にかけながら着替え、熱々のコーヒーを飲みながら窓際の温度計で気温を確かめた——マイナス一℃。さらに冷えこむかもしれない。コーヒーの残りをジュースの空き瓶に入れてプラスチックの蓋を閉めると、森林警備隊から譲り受けた緑のジープでネローネのもとへ向かった。三等准尉は赤色に切り替えた誘導棒で居場所を知らせていた。真っ赤な光のせいで彼も草木も悪夢の様相を呈している。

「ほらよ、まだ少し温かい」ルーポはジープの窓から瓶を渡した。

「ありがたい」ネローネは三メートルはありそうなマフラーを外すと、コーヒーをひと息に飲み干した。「もう一度電話してみたが出ない。家にかけても同じだ」

「カセッリの家にいないのか？　小便が漏れそうだったとか」

「それなら下着を濡らしたはずだ。もうちょっと彼女を信用したらどうだ。休む間もなく働いているんだ」

ルーポは聞こえないふりをした。「しばらく電話で連絡を取り合おう。まだ通信指令センターには知らせないほうがいい。誘導棒を貸してくれ。わたしのは電池が切れた」ネローネの手から誘導棒を奪い取ると、ルーポはジープで先に進み、無人の車の数メートル手前で停車して、そこから歩いて近づいた。ダッシュボードにはキーが置きっぱなしで、座席にマルティーナの携帯電話とショルダーバッグが残されている。さいわいにも血痕は見当たらなかった。

光の色を切り替えてマルティーナの足跡を探すと、うっすらと見えた。雪が降りはじめた直後に車を降りたのだろう。消えかかった輪郭が積もったばかりのみぞれにおおわれている。つい一週間前のコロンバと同じく、ルーポは拳銃を手に足跡をたどりはじめた。

けれどもコロンバと違って、彼はこの分野のエキスパートだった。〝狼《ルーポ》〟という名のせいで、子どものころに早くも生き残るための戦略を立てざるをえなかったのだ。当時の彼はひ弱で、いじめられることを恐れていたため、実在しないアメリカ先住民の祖父を考え出し、自分はその孫だということにした。祖父の姓も同じくルーポで、名は〝グリージョ〟。自分がクリスチャンネームをつけられたのは、単にイタリアで暮らさなければならなかったからで、生まれ故郷では〝小さな戦士《ピッコロ・グエッリエーロ》〟と呼ばれていたと。作り話が通用したのはわずかなあいだだけだった――十歳のときには近所じゅうに嘘がばれた――が、自由な民への憧れが消えることはなかった。そして、彼らのような能力をできるかぎり身につけようと努力した。そのおかげで数えきれないほどの動物の足跡や排泄物を区別できるようになった。もっとも、そのことを触れまわったりはしなかったが。それだけでなく、足取りから動物がどのような状況だったのかもわかる。静かに草を食《は》んでいたのか、あるいは捕食者から逃げていたのか。

マルティーナは走っていた。

すぐにではない。普通に車から降りて、数メートルほど歩いたのちに、まっすぐ未舗装道の端まで速度を上げた。そこに倒れている木の幹の先に、ほとんど見えないが、コロンバの家とは逆方向に野原を横切る細い道が延びている。その幹を越えると、マルティーナの足跡は、先を行く別の足跡を追いかけているようにも見えた。だが、すでにその足跡は消えかかっており、男女の区別も体格も判断できなかった。マルティーナは車を降りて、ある人物を追いかけた。それから？

足跡はみるみる降り積もる雪におおわれていたが、ルーポはかろうじて前を行く足跡と、それを追いかける足跡が出合った地点を特定することができた。半月形の跡がふたつ残っている。かかとで回ったときに長靴の先が地面をかすってできるものだ。

新たにやってきた人物が足を止め、マルティーナは追いついた。その人物は振りかえった。そして？

ルーポは暗闇で揉み合うふたりを想像し、恐怖の悲鳴が聞こえたような気がした。だが、そこに争った形跡はなかった。人が倒れた跡、血痕、折れた枝。足跡はもはや見えなかったものの、そうした痕跡は残るものだ。ということは、ふたりはこの場を離れたのだろうか。徐々に明るくなる空の下、ルーポは細い道をそのまま進んで森の入口に着いた。丘陵地帯に五千平方キロメートルにわたって広がる森だ。樅《もみ》や落葉松の下でいくつもの小道が交差している。マルティーナはそこから一メートルの地点にいるかもしれないし、百キロも離れているかもしれない。

ルーポは引きかえし、途中でネローネに電話した。三等准尉は車の中に避難していた。

「マルティーナは誰かを尾行した」

「カセッリか？」

「さあ。とにかく家を見に行ってみる。おまえはみんなを起こして市民保護局に通報するんだ。それからドン・ヴィートにも連絡して、捜索に人員を派遣してくれるかどうか訊いてみてくれ。おまえが捜索隊を指揮しろ。夜明け前には出動してほしい」

ルーポは門を飛び越えてコロンバの家のドアを叩いたが、返事はなかった。裏に回ってみると、すぐに野原を突っ切る足跡を見つけた。間断なく降り積もる雪におおわれ、ほとんど消えかけている。マルティーナの監視を逃れようとしたのだ。あるいは不意打ちを食らわせようとして表に回ったのか。

だが、それはありえないことにルーポは気づいた。足跡はマルティーナとは反対側の谷のほうへ向かっていた。モンテニグロの方角へ。

ルーポは慌てて転びそうになりながら車へ走った。

7

コロンバは錠の外れる音にはっとした。一瞬、画面が乱れたテレビのように頭の中がスノーノイズ状態になる。だが、すぐに思い出した。ピントの合っていない鳥や木の写真を数えきれないほど見ているうちに、トミーのベッドで眠りこんでしまったのだ。飛び起きて本棚の後ろに隠れた拍子にメモリーカードを部屋じゅうにばらまいた。額にも一枚貼りついている。剝がすと肌にロゴマークの跡が残った。

ひと昔前に流行した、暗闇で光る腕時計の針は六時十分を指していた。一時間も無駄にして、そのうえ現場を取り押さえられるとは、間抜けにもほどがある。

ふたつ目の錠が外れ、耳まで泥だらけになったルーポが入ってきた。たまたまやってきただけではないかという期待は、彼の言葉で砕けた。「ドクター、いるなら姿を見せてください」ルーポが叫ぶ。「ここにいるのはわかってるんだ」

「銃は持ってないわ」コロンバは隠れたまま叫びかえした。

「出てきてください」

コロンバは側柱から様子をうかがった。ルーポは拳銃をホルスターに入れたまま、考えごとでもするかのように首筋を掻いている。コロンバは彼の前に姿を現わした。「なぜわたしがここにいると？」

「おそらくあなたが思っているほど、わたしは能無しではない。敷地内不法侵入および住居侵入で逮捕します。その後の処遇はヴィジェヴァーニが決めるでしょう。さあ、来てください」

ルーポに腕をつかまれ、コロンバはとっさに蹴りを入れたい衝動をこらえた。「待って、ルーポ。説明してください。何があったんですか？」

ルーポはため息をついた。「マルティーナが数時間前に持ち場を離れたきり、無線にも応答しないんです」

「持ち場？」

「あなたの家の監視です」ルーポはまたしてもコロンバの腕を引いたが、今度は自分のほうを向かせるためだった。「彼女を見ませんでしたか？　何かわたしに黙っていることは？」

「マルティーナの身に何か起きたとすれば、犯人はメラス夫妻を殺して、わたしの家にハンマーを隠した人物です。わたしにわかっているのはそれだけ」

「まだそんなたわ言を……」

「たわ言なんかじゃない。それに、メラス夫妻は何かを隠していました」コロンバは壁の写真を指さした。「見てください」

「キツツキですね」ルーポは言った。正確にはカンムリキツツキで、ヨーロッパには棲息しないが、そのことは黙っていた。〝小さな戦士〟は勉強の虫に思われたくなかった。

「文房具店で買ったものでしょう。なぜなら、この一年でメラスが撮った写真はどれも見られたものじゃないから。半分見て、何かがおかしいと気づいたんです。だとしたら、彼はなぜ写真を撮るために一日じゅう森を歩きまわっていたのでしょう」

「いまはマルティーナを見つけることが先決です。それ以外は後回しだ」

「このふたつに関連がないと言いきれますか？　マルティーナが見かけるはずのない人物を目撃した可能性はない、と」コロンバはルーポがためらったのを見逃さなかった。「心当たりがあるんですね？」

「あなたの家の周囲に足跡がありました。われわれが立ち去ったあと、かなり時間が経ってから残されたものです」ルーポはしぶしぶ打ち明けた。

「誰かに追跡させましたか？」

「すでに雪で消えかかっていたんです。でなければ、わたしがひとりでたどっていた。いずれにしても可能なかぎりの協力を要請しました」

「だったら、あなたの貴重な時間を少しくらい浪費しても構わないでしょう。メラスが本当は森で何をしていたのかを突き止めるのに。そうすれば足跡を残した人物の正体がわかるかもしれない。そして、それがマルティーナの失踪と関連があるかどうかも」

「あなたは悪魔のような人だ。自分でも気づいていますよね？　部下を案じるわたしの気持ちを利用している」

「そのとおり。あなたに考えてもらうためです」コロンバは認めた。「でも、本当の悪魔はすぐそこにいるかもしれない。雪の中に」

8

カラビニエーリの兵長、マルティィーナ・コンチョは、子どものころは将来有望なフィギュアスケート選手で、コーチに言わせれば、とりわけスピンに関しては〝小さなデニス・ビールマン〟だった。十三歳でジュニアの強化選手に選ばれたが、ある日、激しく転倒して、歯を数本とやる気を失った。志なかばで挫折した者が皆そうであるように、心に傷跡が残り、夢の中でものすごいスピードで滑ったり、逆にナメクジみたいにのろのろ氷の上を這ったりするたびに苦しんだ。いまも夢を見ているにちがいない。目の前に氷におおわれた幹があって動けない。寒くて、あたりは真っ暗だ。一瞬、子どものころに返って、軸足に注意しろと叫ぶコーチの声が聞こえたような気がした。目を開けると、凍った幹はまだそこにあった。身体に感覚が戻る。腹部の内側を何かが這っていた。炎と氷の蛇、超人ハルクの手、十四歳のときにはじめて飲んだキューバ・リブレ。

激痛。

転倒して診察を受けた際に、救急救命室の医師に名前を訊かれてからこう言われた。「ぼくの従妹もマルティィーナっていうんだ。偶然だなあ。いいかい、脚をこうやって動かすとどれくらい痛いか、一から十までの数字で表わしてくれないか」

当時、十三歳だったマルティーナは「十」と叫んだが、いまは百、いや千と叫ばずにはいられなかった。叫ぼうとしたが、口から出てきたのはげっぷのような音、続いて血と唾液の飛沫だった。自分がどんな体勢でいるのかわからなかった。ベッドに横たわっているのか、立っているのか、座っているのか。身体が雲の上に浮かんでいるようだった。腕の感覚はなく、手も開けない。足を動かそうとすると、またもや腹部に激痛が走り、喉に甘ったるいものがこみ上げてきた。足は何にも触れていなかった。地面にも、シーツにも。そこにあるのは空気だけだ。

どうなってるの？　あの木の向こうに何があるのか。首を動かそうとしたが、ふたたび腹部が悲鳴をあげる。息を吸うたびに、身体の中の何かが引き裂かれた。またしても血を吐いた。

動いたらだめ。怪我をしているんだわ。おそらく事故にでも遭ったのだろう。だが、まだ生きている。痛みを感じる。希望が持てる。重傷なら何も感じないものだ。そうでしょう？

混乱した頭を整理しようとした。夜間の監視、カセッリ。

雪の中の影。

それが最後の記憶だろうか。車のドアが開く音が耳に残っている。

道に立つ人影。わたしは車を降りて……。

それから？　ここに連れてこられたの？　そもそも、ここはどこ？

今度は頭を下に向けた。一度に一ミリずつ。ひょっとしたらもっと少ないかもしれない。断続的に意識が飛ぶ。身体の下では、右側の漆黒の闇に何かがきらめいているように見えた。氷かもしれない。だが、動いているようだ。波立っている。

それは川だった。急流に月の光が反射している。まるでその上を飛んでいるような気分だった。もう一ミリ頭を動かすと、自分の脚の影が見えた。何もない空間にぶら下がっているようだ。なぜこんなことが起こりうるのか。どうやって宙に浮いているのか。

歯を食いしばり、思いきって一センチ頭を下げると、川が消えた。何かが視線を遮っている。周囲よりもいっそう濃い闇が。さらに一センチ下げると、闇は完全に視界をおおった。自分の身体と川のあいだに何かがある。そして、またしても口から噴き出した血がその闇に呑みこまれた拍子に、それが思っていたよりもずっと近いことに気づいた。足先と川のあいだの謎の空間にあるのではなく、身体に直接触れていた。それに支えられていた。

木の枝に座ってるの？　追いかけようとして転んで、そのまま植物を握りしめているのだろうか。身体に触れて、自分が存在していることを確かめたかったが、手は毛糸のようで命令に反応しなかった。脚と同じく。

またしても血を吐き、その血は今度は枝の形を浮き上がらせながら流れ、周囲と同じく色彩に欠けた、ひたすら灰色の陰影におおわれた深い裂け目に落ちていった。そして、マルティーナはついに自分の置かれた状況を理解した。

9

コロンバは、樅の並木の奥に延びるピンぼけの小道の写真を選んでルーポに見せた。「どうやらメラスは毎回同じルートを通っていたようです。たとえば、この道はいつも写真に写っている」

「南南西だな」ルーポは写真を見るなり、タイムコードと影を比較して言った。「この背景はシビッリーニ山脈です」

「もう少し正確にわかりませんか？」

「残念ながら」

コロンバはさらにカメラの画像を表示した。「これを見てください。撮影した日にちも月もばらばらだけど、被写体はいつも同じです。この種類の木ですけど、わかりますか？」

「ええ」ねじ曲がったトキワガシを見て、ルーポはやや興味を示した。

コロンバは崩れかけた灰色のコンクリートの杭を指さした。「これに見覚えは？」

「チェザーナ渓谷の丘陵地帯でしょう。古い高圧線の電柱ですね」

「ということは、メッザノッテの先の丘陵ですね。モンテニグロから続いている」

「ほかのも見せてください。これではまだはっきりしない」

コロンバは画像の読み取り機として使っているカメラを渡した。「順番に並べてみました」ルーポがボタンを操作すると、ねじ曲がった木と道の風景がストップモーションのビデオクリップのように次々と表示された。道は曲がりくねり、突き当たりに煉瓦とコンクリートの壁がある。「そこに窓のない建物があります。家畜小屋？」

「造りが違う。これは干し草置き場だ」ルーポは携帯電話を取り出してグーグルマップを開いた。

五分後、ふたりはルーポの緑のジープに乗りこんだ。七時半になったばかりで、外の気温は二℃。晴れた空が明るみはじめていた。

ルーポがポルティコの分署に連絡を入れると、民間の職員しかいなかった。それ以外は全員、捜索活動で出払っている。市民保護局のボランティアや警察犬チームも向かっていた。無線でのやりとりを終了すると、ルーポはだしぬけに言った。「わたしは賄賂は受け取っていない」

「それは何より」コロンバはそっけなく応じた。

「わたしが犯した唯一の過ちは、賄賂を受け取った同僚を告発しなかったことだ。汚れた下着は家族が洗うべきだと考えていた。ところが、家族だと思っていた連中がそうではなかったと気づいた。わたしが守ろうとした者さえ、わたしに背を向けたんです」

「よくあることだわ」

「あなたはきっと違うと思うが」

コロンバは肩をすくめた。「偉そうなことを言える立場じゃありません。わたしも数えきれないほど過ちを犯してきたから」

「失職したのはそのせいなのか」ルーポは言った。

「まあね」


小道の最後の区間は狭すぎて車が入らなかった。ふたりは車を降り、徒歩で森に入った。コロンバはスノーシューを着けたが、ルーポは膝まであるゴアテックスの長靴に信頼を置いていた。「ここから数百メートルは歩くことになりそうだわ」コロンバは携帯電話で方角を確かめながら言った。

「だが、先客がいるようだ」ルーポは小道に残された何本もの平行線を指さした。熊手で引っかいたような跡だ。身をかがめ、畝《うね》になった部分を手でかき分けると松葉が現われた。

「何者かが枝で足跡を消したんだ」

「考えられるのは？」

「密猟者だろう、おそらく。足元に注意したほうがいい。罠が仕掛けられているかもしれない」

「密猟者だったらね。少なくともあなたが銃を持っていてよかった」

ふたりは緑の道に足を踏み入れた。絡み合った木の枝の隙間から太陽の光が射しこみ、ときおり雪のかたまりが落ちてくる。久しぶりの快晴で、至るところから雪が解けて滴り落ちていた。「あれが例の木かもしれない」百メートルほど進んだところで、ルーポは前方に見えてきたとぐろを巻いたようなトキワガシを指し示した。

スノーシューで歩くのに慣れてきたコロンバは、滑りやすい斜面になった道の端に近づかないよう注意しながら木のところへ急いだ。ごく最近、わずかに土砂が崩れた箇所があり、白い雪に泥がぽつんとはねていた。コロンバが身を乗り出して見ると、下から生えている木の一本が、ある色にきらめいているのに気づいた。多くの場合、その色が意味するものはひとつだけだった。

赤。

木の幹に飛び散った深紅の雪が地面に滴り落ち、松脂のようにどろりと溜まっていた。棘の多いセイヨウカリンで、枝は巨大な薔薇の茎のようだった。そのうちの一本の、人間の腕ほどの太さで上に向かって曲がった枝が、マルティーナの命のない身体を貫いていた。

10

マルティーナは口も目も大きく開け、両手を握りしめ、血と嘔吐物にまみれていた。コロンバはこぶしを口に当てて悲鳴を押さえた。

「何かあったのか？」少し離れたところからルーポが声をかけた。

コロンバは反対側に目を向けた。思ったとおり、突き当たりに干し草置き場がある。石とコンクリートで造られ、屋根の一部がなかったが、その距離からでも頑丈な木の扉にかかっている鎖が見えた。

スノーシューが折れないよう祈りながら、ガチョウのような足取りで走り出す。ルーポの呼ぶ声が聞こえ、やがて道が崩れたところに着いた彼の叫び声が響きわたった。

だが、コロンバは立ち止まらなかった。

刑務所に入れられる前に、あの忌まわしい干し草置き場を見ておきたかった。

ルーポは無線で救援を呼んでから、怒りに満ちた声でコロンバの名を叫んだ。それでも彼女は耳を貸さなかった。壁のでっぱりをつかんでよじ登り、中をのぞきこんだが、雪とゴミ、それに朽ちた梁しか見えない。だが、もうひとつ別の空間がある。あの南京錠がかけられた扉の中だ。しかしそこから様子を探ることはできなかった。コロンバは大きな石を拾い、南京錠を叩きはじめた。

ようやく追いついたルーポが怒鳴った。「最初から知ってて、ここに連れてきたんだろう！」

コロンバは聞こえないふりをする。「やめろ！」またしても叫びながらルーポは詰め寄った。コロンバは振り向きざまに石で彼の顔を殴った。あごを狙ったが鼻に当たり、骨が折れて血が飛び散った。もう一度殴る。今度は頬骨。ルーポはよろめいて倒れたが、朦朧《もうろう》としながらも四つん這いで向かってきた。コロンバは彼の拳銃を抜き取り、自分のスキーウェアのポケットに入れると、ふたたび南京錠を壊しはじめた。

「おまえだろう」ルーポは舌がもつれた。「おまえが殺したんだ」

「何言ってるの？　ここに来たのは写真で場所がわかったからでしょ」

ルーポがくるぶしをつかむ。「おまえが写真を並べた」

コロンバは彼の手を踏みつけ、もう一度南京錠に石を叩きつけた。錠が外れる。肩で押すと扉が開いた。腐った薪の山しかなければ、おとなしく逮捕されるつもりだった。

だが、早朝のやわらかな陽射しが照らし出したのは、木のテーブルとプラスチックの椅子が一脚ある簡素な部屋だった。反対側には、ビニールシートにおおわれたオフロードバイク――ホンダのCRF450だ。タイヤは新しいように見える。その横に工具箱と夏用のタイヤが二本用意され、さらに色の異なるヘルメットが三つと、普通サイズの男性用のバイクウ

ってた。キーは、別のダブルビットキーの束と一緒に座席下《シート》の収納スペースに入っていた。

ルーポが膝をついて起き上がり、長靴の片方を振り上げた。コロンバが腹を蹴ると、西部開拓時代のポーカーの勝負師が持っているような二二口径の銃が転げ落ちた。四つの銃身が並び、握りには彫刻が施されている。コロンバはそれもポケットに入れると、ルーポに手錠をかけ、壁に取りつけられた馬用の輪に繋いだ。ルーポは歯のかけらを呑みこんだ。「まったくイカれている」

コロンバは携帯電話と無線機を抜き取り、電源を切ってからテーブルに置いた。そして、自分の携帯でアルベルティに連絡した。彼は自宅の地下室にいた。普段はそこでコンピューターを使って曲を作り、〝ルーキー・ブルー〟の名前でインターネットにアップロードしている。だが、このときはもっぱら眠ることが目的だった。朝の四時に県警から帰ってきたばかりだったからだ。帰宅が遅くなって恋人を起こしたくないときには、いつもそうしていた。一緒に住むとはっきり決めてもいないのに、彼女は少しずつ荷物を運びこんでいた。そしてアルベルティは、いまだに自分がどうしたいのかがわからなかった。「隊長は無事です。ミラノから戻ってきました……」

「そんなことはどうでもいい。それより調べてほしいことがあるの。すぐに。ナンバープレートを」

「さすがにいまはまずいですよ」

「これで最後。本当に大事なことだから」

「ボナッコルソと関係あるんですか？」

「もちろん」

「わかりました。どうぞ」

コロンバからナンバープレートの番号を聞くと、アルベルティは信用できる同僚に調べてもらった。その結果、バイクの所有者はロンドンの不動産会社で、リミニのクリニックが競売にかけたものを購入していたが、現在はどちらも倒産していることが判明した。不動産会社はそのクリニックも買い取っていた。いまから一年前の二月に。

二月――まさしく自分がメッザノッテに越してきたときだ。コロンバは雪の中にへたりこんだ。うまく呼吸ができなかった。またしても偶然なのか。

おそらくパーラは間違っていて、自分は本当に頭がおかしくなってしまったのだ。

干し草置き場に戻ると、赤く染まったルーポが壁の輪を外そうとしていた。「手錠を外せ、ちくしょう！　いったいどうするつもりだ？」

コロンバはバイクにまたがると、エンジンをかけた。「行き着くところまで行く」

11

最悪の別れ方をした昔の恋人がどこへ行くのも二輪だったので、当時、週末に一緒にツーリングを楽しむためにコロンバもバイクを買った。あれほど腹が立つ相手はいなかったが、少なくともバイクの乗り方は覚えた。干し草置き場の扉を開け放って枝で押さえると、コロンバはヘルメットをかぶった。大きすぎるうえに、前にかぶった人物の息のにおいがするようだった。レオあるいはメラス――怪物か死者の。

走り出したとたん、首の骨を折りそうになった。

雪の上を運転するには、埋もれてしまわないように、ある程度スピードを出すことが必要だが、逆に出しすぎるとコントロールがきかなくなる。さらに厄介なことに、コロンバは雪道を走る練習をしたことがなく、知識も乏しかった。最初の二百メートルで四回転倒し、四度目は悔しさのあまり雪の中に突っ伏したまま泣いた。何やってるの、起きて――コロンバは自分を奮い立たせた。まだこんなところにいるのを見つかってもいいの？　どうせ捕まるのなら、せめてもう少し手こずらせないと。

ふたたび起き上がり、またしても転倒したが、もうこれ以上、青痣《あざ》を作る場所はどこにもないと思ったとき、ようやくアスファルトの県道に出た。だが、速度を増すと寒さも増した。

監視カメラが設置された高速道路は避け、夏になるとピノキオの〈おもちゃの国〉と化す黒い海と無人の砂浜沿いに進む。湿気が皮膚の下に入りこむようだった。真珠色の朝にリミニに到着し、廃業したにもかかわらず〈ヴィラ・クイエテ〉の名前が記された案内板で現在位置を確かめる。グーグルマップを使えば手っ取り早く確認できるが、すぐに見つからないようにするために、携帯電話のバッテリーは取り外したままにしていた。

クリニックは海岸に近い住宅街にあった。セラミックタイルにおおわれた三階建ての直方体の建物はドライブイン風の色調で、ゴミだらけで荒れ放題の小さな庭に囲まれている。

コロンバはバイクを路地に停め、離れたところから様子をうかがった。門は先端が尖っているが、飛び越えるのは難しくはなさそうだ。正面の入口には監視カメラが二台だけ……あるいは少なくとも目に見えるのが二台。レオはミラノのアパートメントを出たあと、ここに身を潜めていたのだろうか。メラスと会うために利用していたのか。レオがミラノで使った爆弾をふたりで作っていたのか。

門を飛び越え、雑草だらけの地面に着地すると、あたりに人影はなかったものの、通りから見えないように身をかがめて建物へと走る。窓はブラインドが下ろされ、中はまったく見えなかった。中央の入口は避け、木の陰になった側面の職員用の通用口に回る。ほかのドアと同様、そこも飛散防止のガラスドアで、金属製のアコーディオンフェンスが取りつけられていた。錠前はダブルビットキーだ。コロンバはシート下に入っていた鍵束を思い出し、バイクのところへ戻った。ふたたび中に入るため三度目に門を飛び越えたときには、四度目は無理だとわかっていた――もはや力が尽きていた。

一本ずつ両方向に試し、そのたびに天と、天を支配する者に助けを求めた。三本目の鍵が回った。あまりにもあっけなかったので、一瞬、何かが壊れたのかと思ったほどだった。けれどもフェンスは開き、その奥にあるドアはレバーを下げただけで開いた。中に入ると短い廊下があり、そこは外よりも寒かった。埃やクモの巣だらけで、ひどく汚れた床は行ったり来たりする足跡で埋め尽くされていた。

最近のものだろうか。本当にレオが、閉院したクリニックの一室で、自分が来たことにも気づかずに眠っているのだろうか。コロンバは彼の口に銃身を突っこんで起こす場面を想像した。〝わたしがあなたを怖がると思ってるの？〟と怒鳴りつけて。

金属製のドアを開けると、そこはクリニックのロビーだった。家具はほとんど奪い去られ、蛍光灯にはクモの巣が張っていた。大きなモザイク画では、聖母マリアが眠る病人を見守っている。ブラインドの隙間から射しこむ日光で、壁の院内案内図を読むことができた。クリニックの二階と三階はそれぞれ中央に長い廊下があり、一階は事務室になっていた。

アドレナリンで震える手にルーポの二挺の拳銃を握りしめると、コロンバは足音を忍ばせて事務室から順に見てまわった。どの部屋も空っぽで、ネズミの死骸のにおいがした。

霊安室があり、その奥が二階へ上る階段になっていた。物音がしないか耳を澄ましながらゆっくりと上る。聞こえるのは往来の音と、建物内のどこかでうなっている電動機のモーター音だけだ。

パステルカラーの廊下沿いには、ドアもベッドもない部屋が並んでいた。ひと気はまったくない。

掲示板に黄ばんだ紙が貼られ、スタッフに対して、動けない患者は新型のベッドに寝かせるよう呼びかけていた。そのベッドはまるで宇宙船の寝台のようだった。それを見て、コロンバはここが通常のクリニックではなく、昏睡状態の患者を受け入れる長期療養所であることに気づいた。

うなるような音は先ほどよりも大きくなっていた。その瞬間、もうひとつの重大な事実に気がつく――音は上の階から聞こえてくる。

コロンバはさらに階段を上った。拳銃が手にずっしり重い。二二口径をベルトに差し、ルーポの制式拳銃を両手で上に向けて構えながら完全武装で進む。いまや音は歯医者のドリルのようになり、さらに機械が――リズミカルに――軋む音まで加わった。**ズーズー、カチッ、ズズズー、カチッ**。

三階のひと部屋にはまだドアがあった。その下の隙間から、軋む音に合わせて震える青っぽい光が見えた。

ズーズー、カチッ、ズズズー、カチッ。

レオは何をしているのだろう。銃を手にしているのか、それとも稲妻を発射する力でも身につけたのか？　コロンバにはまったく見当もつかなかった。不安とアドレナリンが混ざって混乱に陥った。

ドアには頑丈な電子錠が取りつけられ、穴の奥で赤い光が点滅していた。鍵束のシリンダー錠の鍵が合いそうだ。コロンバは鍵を差しこみ、錠が開いて光が緑に変わると同時に銃を構え直した。

午前十時ちょうど、ミラノの爆発からきっかり十六時間後に、コロンバは肘でレバーを押し下げ、青い光の靄の中に飛びこんだ。一瞬、目がくらんだが、すぐに慣れた。そこでは、人間ほどの大きさの操り人形が空中で見えない手によって動かされ、LEDライトで照らし出されていた。

人形は高級ベッドに結びつけられている。ベッドは形を変えながら人形を回転させ、腕を広げさせ、縦にしたかと思うと、横にして、折り曲げ、それが果てしなく続く。

人形には電極が取りつけられ、骸骨のような腕からは空《から》の点滴バッグがぶら下がっている。喉には管が挿しこまれ、空気を送りこんでいる。

よく見ると、人形ではない。

人間だ。

ダンテだった。

第二部　目覚め

以前

情報分析官は襲撃事件の日から休まず働いていた。ここ一週間、一日の平均睡眠時間は三時間。それでもまだ終わらなかった。

ＵＳＢメモリをディ・マルコに渡すと、プラスドライバーを手にして、ハードディスクを取り出すためにパソコンを分解しはじめる。次は電子レンジを徹底的に調べさせられるだろう。アパートメントで発見された三台の携帯電話を隅々まで〝解剖〟したときのように。火花と煙を浴びて、内部記憶装置は壊滅的なダメージを受けていた。だが、ハンマーで叩き壊されるよりはましだ。

ディ・マルコはメモリをポケットに入れると、部下たちに清掃作業を任せ、通りの係留地で待機している潜水奇襲攻撃部隊《コムスビン》の巡視船へ向かう。彼が船に乗りこむと、兵士たちは突撃銃を四方に向けて警戒しながら敬礼する。

巡航船でメストレの港に着くと、護衛とふたりで装甲車に乗り換えて、〈カセルマ・マテル〉に向かった。特殊部隊の本部の灰色の門をくぐる直前、ディ・マルコは歩道で煙草を吸う痩せた男の姿に気づく。くたびれたトレンチコートに、アイルランド製のベレー帽。運転手の肩を叩いて停めさせると、ディ・マルコは車を降りて男に近づく。やはり間違いない――ローマ機動隊に間借りしている、定年退職予備軍の県警中央捜査本部で本部長を努めていた、サンティーニだ。「どうした？」彼の目の前で足を止めて声をかける。

サンティーニは煙草を投げ捨て、両手をポケットに突っこむ。「知っていたのか？」生気のない声だ。

「何のことだかわからないが」

「おれは銃を持っている」サンティーニが手を動かすと、トレンチコートの生地に銃身のでっぱりがくっきりと浮かび上がる。

「目撃者の目の前でわたしを撃つのは、あまり賢いとは言えないな」

サンティーニは神経を尖らせているようだが、引き下がらない。「それを言うなら、そもそもここには来ないほうが賢かった。ミゼリコルディアで起きたことを事前に知っていたのか？」

「いや」ディ・マルコは顔の筋肉をぴくりとも動かさずに答えた。

「あの場にカセッリがいた」

ディ・マルコは一歩後ろに下がり、サンティーニの顔をじっと見つめながら考えこむ。ルーレットの回る音が聞こえるような気がする。「考えすぎだ」しばらくして言うが、その口調からはやや尊大さが失われていた。

「いまは病院にいるが、じきに出てくるだろう。だが、トッレは行方不明だ」サンティーニが身を震わせる。「ふたりがヴェネツィアに行ったのが偶然のはずはない。スポーツセンターで何かが起こると知っていたんだ。知らなかったはずがないだろう？」

考えを巡らせるうちに、またしてもルーレットの音が聞こえてくる。「車に乗ってくれ」しばらくしてディ・マルコは言う。

サンティーニがよろめく。アルコールと驚きのせいで。「なぜだ？」

「あんたがまだ知らないことを説明しよう」そう言って、ディ・マルコは兵営のドアを指さす。「あの中で」

「誰が行くものか」

「そう警戒するな。わたしは戦後、最も大規模な襲撃を受けた国のテロ対策部門《DAT》の責任者だ。こっちは、あんたのことはちっとも疑っていない。だから、わたしを疑う必要もない」

ディ・マルコの言葉は脅しに他ならなかったが、サンティーニには別の点が引っかかった。

「おまえはＤＡＴの責任者ではないだろう」

ディ・マルコは唇を引き伸ばしただけの笑みを浮かべる。「あらゆることが目まぐるしく変わっている。あんな事件が起きたあとではな。沈む者もいれば助かる者もいるだろう。あんたはどっちを選ぶ？」

第一章

1

ダンテは救急隊員の手で高級ベッドから下ろされ、救急車に乗せられた。だが、その前に消防士がヴィラ・クイエテの正門の錠を破壊しなければならなかった。コロンバの持っていた鍵束に鍵はなかった。

リミニの病院にたどり着くと、ダンテは〝カセッリ〟の名で救急医療チームの診察を受けた。医師たちは、この不運な患者の身にいったい何があったのか不審に思った。それは見るも哀れな姿のせいではなく、全身に外科治療の痕跡が残されていたからだった。へその横には人工的に栄養を摂取させるための胃瘻《いろう》の処置の跡があり、汚れたガーゼでおおわれていた。腕には二本の静脈カテーテル、気管には人工呼吸器。つまり、誰かが治療を行なっていたということだ。だが、最近のことではない。医療機器はすべて汚染され、治療箇所の周囲の皮膚は壊死して腫れていた。そのうえ患者は栄養失調かつ脱水状態で、四肢が麻痺し、ひどく汚れ、排泄物の悪臭と腐敗臭がした。

ある看護師は、この患者がどこか別の病院から脱走してヴィラ・クイエテに隠れていたのではないかと考えた。彼女の友人が勤める病院では、以前、患者が姿を消し、半年後にボイラー室でミイラのように干からびた状態で発見されたことがあったそうだ。だが、そのときの患者はアルツハイマー病だった。一方のヴィラ・クイエテの患者はCTスキャンの結果、脳に異常は認められず、目立った外傷も疾患もなかった。では、なぜ一向に目覚める気配がないのだろうか。

「わかりません」医長にそう尋ねられ、コロンバは答えた。事実上、ほかのすべての質問と同じく。

「投与された鎮静剤はわかりますか？」

「いいえ」

「そもそも何の病気なんですか？　なぜ管を挿入されているんですか？」

コロンバはまたしても首を横に振り、医師は相手が自分の言葉を本当に理解しているのかどうか不安になった。救急外来のドアをじっと見つめる緑の目は熱っぽく潤んでいる。「汚染された機器を取り外して、傷口を消毒しなければなりません」医師は言った。「そのためには後見人または家族の同意が必要です。あなたは妹さんですね？」

コロンバは同意書の内容を見ることもなく署名した。

「治るんですか？」

「かなり衰弱しています。正直なところ、手術にはリスクがあります。あの身体の状態を考える」と」医師はためらってから尋ねた。「司祭とお話ししますか？」

コロンバは首を振った。「彼は信者ではないので」

三十分後、ダンテは手術室へ運ばれた。廊下に立っていたコロンバは、彼が目の前を通り過ぎるのを見て、エレベーターまで後を追った。金属製のドアが閉じると、そこにアルベルティとサンティーニの姿が映っていた。

「何て奴だ」背後で元上司が吐き捨てるように言った。「まさか本当に見つけ出すとはな」

2

まさにドミノ倒しのようだった。ヴィラ・クイエテで消防士が警察に通報し、警察から軍司令部へ、軍司令部からリミニ県警へ、リミニ県警からローマ県警へ連絡が行き、ローマ県警から連絡を受けたサンティーニはいま、鎮痛剤の過剰摂取でソファでぐったりしているというわけだ。電話の内容はいずれもこんな感じだった——〝ヴェネツィアのヒロイン〟が、リミニの廃業したクリニックで瀕死の人間と一緒に何をやっているんだ？　内密に調査しているのか、それとも完全にボケたのか。いずれにしても彼女の問題だ云々……。

サンティーニはアルベルティに連絡し、旅の途中で仲間割れする気満々でコンビを組んだ。だが、ダンテが生きているのを見ると、何ごともなく無事に着いたことに感謝した。そしてコロンバを待合室の椅子へ連れていき、二二口径と、ベルトに差していたもう一挺の拳銃を取り上げた。通常のベレッタではなく、グロック17だった。

「どこで手に入れた？」サンティーニはその拳銃をトレンチコートのポケットに入れながら問いただした。

「ルーポ」コロンバは心ここにあらずでつぶやいた。

「ルーポ？」

「ポルティコのカラビニエーリの准尉です」それまで黙って見ていたアルベルティが口を開いた。あまりの事態にショックを受けていたのだ。

「どうしておまえが知っているのかは言うなよ」サンティーニは言い捨てた。「何があったんだ、カセッリ？　いったい何でまたカラビニエーリがトッレに関わっているんだ？」

アルベルティが病院のバールで買ってきたグラッパの助けを借りて、コロンバはぽつぽつと語りはじめた。干し草置き場にルーポを手錠で繋いだくだりまで来ると、サンティーニは慌てて電話をかけに行った。

3

ルーポはすっかり凍えた状態で悪態をつきながら二名の部下に救助された。顔の左側が右側の倍にも腫れ上がり、鼻は折れていたにもかかわらず、病院への搬送を拒み、マルティーナの遺体を収容する山岳救助隊に同行した。検死の妨げにならないように、死後硬直の始まった遺体をウインチのチェーンに吊したまま、突き刺さった枝はのこぎりで切断された。古代の外科医のような風貌の監察医もいて、あごひげを氷から落ちるしずくで濡らしていた。医師の指示に従って、遺体はウインチから下ろされ、折りたたみ式のストレッチャーに寝かされた。マルティーナの内臓を貫いたままの枝は、さながらピストンのようだった。ゴボゴボいう音がして、腹部から半透明の巨大な唇のようなものが突き出し、ゆらゆら動きながら救助者に血を吹きかけている。それは空気の圧力で外に押し出された腹膜だった。監察医のティーラは絹のハンカチで丸い眼鏡を拭いた。救急隊員たちが手早く遺体をシーツでおおう。

「カセッリの逮捕令状を請求したい。頼むから今回はあれこれ言い逃れしないでくれ」遺体の後ろを歩きながら、ルーポはヴィジェヴァーニに言った。プライベートでは親しい口調で話す間柄だった。

「本気で起訴できると思ってるのか、ウルフ？　もし向こうが先に手を出したのはおまえだったと証言したら、苦しい状況に追いこまれるぞ」司法官は答えた。

「わたしが自分で手錠をかけたと？」

「それも、さほど難しいことでないのはわかっているはずだ」

ルーポは足を止め、ヴィジェヴァーニを振り向かせた。「わたしを信じていないのなら、はっきりそう言ってくれ」

「もちろん信じている……だが、おい、まさかカセッリがコンチョを殺したというのか？」

「そのまさかだ」

「非の打ちどころのない警察官だったんだぞ」

「そのとおり。だった。ところがヴェネツィアで死にかけて、恋人を誘拐されて……」

「トッレとはそういう関係ではなかったと思うが」

「しかも、かつては連続殺人犯を追っていた」ルーポは耳を貸さずに続ける。「わたしはただ一度の銃撃戦で辞職した同僚を何人も見てきた。だが、あの女はバッファロー・ビルよりも撃ちまくっている。頭がイカれたとしか思えない。何を考えているのか、まったく理解不能だ」

マルティーナの遺体を乗せた救急車が、ペーザロの病院の解剖室に向けて出発した。空き地に残ったのはルーポと司法官、それぞれの車だけになった。ヴィジェヴァーニの運転手が降りてきてドアを開けたが、司法官は待つように合図して、ルーポのジープのところまで一緒に行った。「で、いったいどうやったっていうんだ？　説明してくれ。動機はいらないんだろう。頭がおかしいとすると」

「あの女が家から出てきて、マルティーナは何をするのかを確かめるために尾行した。カセッリは彼女の頭を殴り、車に乗せて……」

ヴィジェヴァーニは苛立ちもあらわに鼻を鳴らした。「それでここに運んで、車をメッザノッテに戻してから、歩いてメラスの家へ向かい、そこでおまえに見つかった。おまえが来ることを知っていて」

「何かを探していて、とっさに話をでっちあげたんだ」

「おまえをここに連れてきて死体を見つけさせるために？　それからおまえを石で殴って、あらかじめ隠しておいたバイクで逃げたというわけか？」

「頭がおかしければ筋なんか通らないだろう」

ヴィジェヴァーニはかぶりを振ってつけ加えた。「そこまで言うなら、この説を予備判事に提出しよう。だが、おまえが説得しに出向け」

ルーポは侮辱されたように感じ、怒りがこみ上げた。「わかった。おそらく、おそらくだぞ、マルティーナを殺したのはカセッリではない。それでも構わない。つまり、あの女は頭がおかしいわけではない。それでも構わない。ということは、わたしの顔を殴ったのには別に理由がある。それが知りたい。公務員に対する暴力、銃の窃盗、拉致、車両の窃盗……たしかにヴェネツィアの事件の生き残りかもしれないが、だからといってすべてが許されるわけではない」

ヴィジェヴァーニは何とも言えない表情を浮かべた――ルーポの目には本気で心配しているように映った――が、くるりと背を向けると、薄氷を踏むような足取りで自分の車に向かった。「おい、まだ話の途中だぞ」ルーポは呼び止めた。

ヴィジェヴァーニは振り向きもせずに尋ねた。「ヴェネツィアの件で、検事局の連中が何て言っているか、知ってるか？」

「いや」

「ＩＳＩＳが優秀な弁護士を立てたら、一日だって拘留されることはないと」

「笑い話か？」

「教訓だ。くれぐれも用心して行動することだな、ウルフ。わたしがここに来るのは、これが最後だろう」それだけ言うと、ヴィジェヴァーニはルーポを雪の中に残して去っていった。

4

少しのあいだ、コロンバが集中治療室のガラス越しにダンテの様子を見るのを待ってから──手術は成功したが、抗生剤で感染を抑えられるかどうかはまだわからなかった──サンティーニは病院の玄関で待機していた車へと彼女を促した。車には兄弟のようなふたりの男が乗っていた。どちらも筋肉質で髪が短く、中綿入りの革ジャンを着ている。コロンバはまだ呆然としていたが、サンティーニがテロ対策チームに通報したことを悟った。

「ほかに方法はなかったわけ？」

「おれに訊くのか？」サンティーニは憮然として問いかえす。

車が到着したのはピサの〈カセルマ・ガメッラ〉内の特殊部隊司令部だった。銃を持った兵士が立ち並ぶ廊下を進み、ある閉じたドアの前まで来ると、サンティーニはコロンバを置いて引きかえした。

「余計なお世話かもしれないが」去り際に言い残す。「素直に協力することだな」

「ほっといて」コロンバは言いかえした。車に乗っているあいだに少しばかり元気を取り戻した彼女は、覚悟を決めて中に入った。

デスクと椅子が二脚だけしかないオフィスで待っていたのはディ・マルコだった。ギプスで固定した両手首を首から吊っているが、いつもの青い軍服に、いつもの感じの悪い顔だ。

「みごとな手並みだったな。次回は国の半分を混乱に陥れる前に、ぜひともひと言知らせてくれ」

コロンバはありったけの力を振り絞った。「この役立たず！」叫んでデスクを蹴っ飛ばすと、鉛筆やペンが転がり落ちた。「ダンテはリミニにいた。海の底でもアフガニスタンの洞窟でもなくて。リミニに。いったいいままでどこを捜してたの？」

「わたしもきみと同じく驚いている。予想外の展開だ」

「冗談でしょ？　あれだけおおぜいで、軍を総動員しても、目と鼻の先にいる彼を見つけられなかった。ひょっとして見つける気がなかったんじゃないの？」

「まあ、落ち着いて座ってくれ」

彼を満足させるくらいなら靭帯を切られるほうがましだったが、あいにく力が尽きて崩れるように座りこんだ。

「きみがロメロの家に侵入した時点で逮捕させることもできた」ディ・マルコは言った。「しかしサンティーニの計らいで、わたしは二度までもきみの拘留を阻止しようと尽力している。むしろ感謝してもらいたいくらいだ」

「感謝ですって？　あなたたちがダンテを腐るまで放置していたと、すぐに公表することもできるんだから」コロンバは言いかえした。

「そんなことをすれば、きみは国家に対する反逆と機密法違反で逮捕され、起訴されるだろう」

コロンバは歯軋りをした。できることなら首を絞めてやりたかった。「それを言いたかったの？　わかった。誰にも何も言わないから、もう帰ってもいいでしょう？」

「もはや事態は内々に済ませられないところまできている。二時間後に招集したＣＡＳＡの極秘会議には首相も出席する。そして主賓はきみだ、カセッリ」

ＣＡＳＡとはテロ対策戦略分析委員会のことで、通常は情報機関および警察の上層部のみが出席する。

「そんなところで何をしろっていうの？　わたしはただの民間人よ。いまは」

「いかにしてトッレの発見に至ったのか、そしてその間、わが司令部の命令に従ってどのように行動したのかを証言するんだ。サンティーニも口裏を合わせるだろう」

「お断りよ。あなたのために嘘をつくのはまっぴら」

「友人の看病をするよりも軍事刑務所に入るほうがいいと？」

コロンバは椅子の背にもたれた。「いいえ」低い声で答える。

「だったら無駄な抵抗はやめることだな。とはいえ、きわめて興味深い会議になりそうだ。首相は就任から半年が経過して、国家機密情報取り扱い許可が下りた。ついにヴェネツィアの事件の真相が明らかになるぞ」

5

アパートメントに帰ると、ルーポはマルティーナの家に電話をかけ、彼女の両親をこの世で最悪の知らせで起こさなければならなかった。ふたりに対しては遺体の惨《むご》たらしい状態は伏せ、お嬢さんは即死だったと偽って、目下、全力で犯人を捜している最中だと伝えた。電話を切ると、ルーポは〝ムーンシャイン〟をショットグラスに注いだ。禁酒法の時代と同じ製法で作られた、無色の強烈なバーボンだ。彼はほとんど下戸だったが、いまは身も心もぼろぼろだった。

ちょうどふた口目を飲み下したとき、ブルーノがドアをノックした。年配の曹長は目を腫らし、手を震わせていた。「明かりがついたのが見えたんだ」

「構わない」ルーポは入るよう合図した。「飲むか？」

ブルーノはうなずくと、大きなプラスチックのサボテンの横に置かれたビーズクッションに腰を下ろし、ルーポが注いだ酒を受け取ったが、唇を湿らせただけだった。「年金の申請をしようと思う」彼はだしぬけに言った。「兵役中の免除期間を入れると、支払い額は九割に達した。わたしにはそれでじゅうぶんだ」

ルーポは一抹の寂しさを覚えた。ブルーノは自分の下で六年間勤務している。同時期にポルティコに着任したのだ。友人にはなれなかったが、いままで互いにほとんど秘密はなかった。そしてブルーノが限界に近づきつつあることに、ルーポは素知らぬふりをしながらも気づいていた。「いったん決意したら、わたしが何を言っても気は変わらないだろう。だが、変えてくれるとうれしい。もうしばらく考えてみてくれないか」

ブルーノの表情は変わらなかった。「一年前から考えていた。わたしは本気だ。マルティーナのことだけじゃない。いままでさんざん嫌な思いをしてきた。こういうことも、もう何度となく目にした」

「何のことだ？」

「真実を都合のいいように扱っている奴らのことさ」

ルーポは天を仰いだ。ブルーノは年を重ねるにつれて策士になってきた。「わたしたちを監視するためのワクチンを考え出した奴らか？」ルーポは疲れたように尋ねた。

「わたしは頭がおかしいわけじゃない。ちゃんと目がある。節穴ではない目が。カセッリは起訴されないだろう。何だったら賭けるか？」

ルーポは不意を突かれた。「たしかに、どういうわけかヴィジェヴァーニは気が進まないようだ。ヴェネツィアの襲撃事件のせいだと仄《ほの》めかしていたが……」

「ヴェネツィアは臭うからだ」ブルーノは警句めかして言った。「あの事件に関わった何人もの同僚に話を聞いた。情報機関がすべて揉み消したそうだ。証拠も証言も……おそらく遺体も」

「極秘に捜査を進めているんだろう」

「あいつらの極秘捜査のやり方はよくわかっている。きみと違って、わたしは七〇年代からここにいるんだ。あのころは、ことあるごとに捜査に巻きこまれていた。だが、今回は違う」

「どう違うんだ?」

「何か大きなことを隠している。間違いない。そしてカセッリもぐるだ」ブルーノはふたたびグラスに口をつけた。「彼女の話では、ヴェネツィアへ行ったのはトッレと二日間の休暇を過ごすためで、たまたまミゼリコルディア・スポーツセンターを訪れた際に事件に遭遇した。そしてボナッコルソが彼女を刺して、トッレを連れ去った。理由はわからない。そうだろう?」

「わたしが知るかぎりでは……」

「その直前、カセッリはイスラム過激派と銃撃戦を繰り広げた。そして、部下の警察官が妻を殺して自殺した。たしかグアルネーリという名前だ」

「それは知らなかった」ルーポは驚いた。「だが、何の関係が?」

「偶然にもヴェネツィアの前日のことだ。だが、はたして偶然なのか? わたしにはそうは思えない」

「ありえないことではないだろう」

「きみは同僚が死んですぐに旅行に行くか？」

「いや」

「まだある。ほとんど誰も知らないことだ。カセッリはもともとボナッコルソと知り合いだった」

「知り合い？」

「表向きは、たまたま会ったことになっているが、ヴェネツィア行きの列車の中で一緒にいるところを見た者がいる。事件の前日に。彼と、カセッリと、トッレの三人を」

「ばかばかしい」ルーポは取り合わなかった。どう考えても正気の沙汰ではない。だが、コロンバの行動のほうがはるかに正気の沙汰ではなかった。

「わたしは事実しか話さない。だが、カセッリが情報機関の手先だとすると、マルティーナの死の真相は闇に葬られるだろう」

6

兵士たちは、中央の倉庫の一角から数えきれないほどのセメントの袋を運び出して場所を空け、金属製の長いテーブルと、手帳のようにめくることができる紙のホワイトボードの周囲に袋を半円形に並べて積み上げた。コロンバ、サンティーニ、ディ・マルコのほかに、蛍光灯に照らされたテーブルには警察長官とカラビニエーリの司令官の姿もあった。全員が電子機器をプラスチックのかごに入れるよう要請され、かごは兵士によって安全な場所に保管された。ディ・マルコは手を貸そうとした隣の席の男をにらみつけ、手を使わずに器用に座った。

大佐の隣にいるのは、コロンバには見覚えのない上級職員だった。年齢は四十くらい、日に焼けて、マラソン選手のように細い身体つきだ。「はじめまして、国内情報・保安庁《AISI》のヴァルテル・ダモーレです」と名乗った男とコロンバが握手を交わした直後、マスタード色のキャメル地のコートを着た首相が入ってきた。

首相が単独でいるのは見慣れない光景だった——ボディガードは倉庫の入口で足止めされたのだ。彼らは会議の出席者の顔を見ることさえ許可されていなかった。いつもの随行者がいない首相は、遺跡を訪れた観光客のように周囲を見まわした。四十五歳と、美しき国《イタリア》の基準にしては若く、コロンバの目には、つねに自然な態度を取ろうと気負っているように映った。テレビでしか見たことがなく、しかもそれすら数える程度だ。政治はコロンバの関心の対象ではなかった。丸い顔に笑みを浮かべた首相は、子ども向けの本に出てくる菓子職人のようだった。

「こんばんは、諸君。こんな時間にふさわしい挨拶かどうかはわからないが」首相は口を開いた。「遅れてすまない。何しろ今日は会議の連続だったものでね」腕時計に目をやる。「もう一時半だ。ということは、長くても五十分しかいられない。自由貿易地域に関する国際会議で、これからパリに飛ばなければならないんだ」

「それまでに終わるとは思えませんが」ディ・マルコが冷ややかに言った。

首相は腕を広げ、残念そうな笑みを浮かべる。「できればパリへは行きたくない。何しろ緊急事態だからな。だが、安全保障について、ヨーロッパの同盟諸国と話をするいい機会だ」首相はコロンバに向き直って手を差し出した。「お会いできてとてもうれしい、ドクター・カセッリ。あなたのような人物は、わが国の誇りだ」

「ありがとうございます」コロンバは戸惑いながら答えた。兵舎の女性部屋で手早くシャワーを浴び、汚れたスキーウェアから徽章のない迷彩服に着替えたのがせめてもの救いだった。

「また別の機会に、ぜひともゆっくり話をしたい。だが、いまはあなたがどうやってトッレ氏を発見したのかが知りたくてたまらない」

ダモーレがテーブルに手を置いた。その左の手首からぶら下がった小さな木のブッダがコロンバの目に留まる。「その件について話す前に、配慮を要する問題を取り上げる必要があります、首相」ダモーレは一瞬、間を置いてつけ加えた。「ヴェネツィアの襲撃事件です」

首相は、あたかも彼が粗野な振る舞いをしたかのように目を向けた。「ひょっとして、トッレ氏の生還のほかに新たな事実が判明したのか？」

「正確には、新たな事実というよりも再検討です」ダモーレは動じることなく答えた。

首相の顔に菓子職人の笑みが戻る。「ヴェネツィアに関して知るべきことは、すべて把握している。いましがた調査委員会の最終報告書に目を通したばかりだ。それに、ＣＩＡ長官がローマを訪れた際にもじっくり話し合った」

あれは物笑いの種だった、とコロンバは思いかえした。

「非常に聡明な人物だ。きみも何度も会っているだろう、大佐」首相は続ける。

「首相……話を脱線させないようお願いいたします」ディ・マルコは高齢の教師のようなうんざり顔で言った。「これからこの倉庫で話し合うことは、ごくわずかな人間しか知りません。そして、今日の内容はひと言も記録に残されません。これまでの会議と同様に」

首相は味方を探して周囲を見まわしたが、あいにく誰もいなかった。「ヴェネツィアの件で極秘情報があるというのか？」

「はい」

「調査報告書に機密事項を追加することはできないぞ」

「ご忠告ありがとうございます」とディ・マルコ。「ですが、捜査が終了すれば、管轄機関において収集された情報を公開するかどうかはわれわれの一存で決まります」

「何だと……そのような権限はないはずだ」

「前例によれば、政府も、多くの高名な憲法学者も認めています。さあ、ダモーレ、始めてくれ。今度こそ全員、耳をかたむける」

ダモーレはよく通る声で話しはじめた。「ご存じのように、ヴェネツィアの事件では犠牲者の大半が非営利団体〈ケア・オブ・ザ・ワールド〉、通称COWの関係者でした」

「基本情報は省いてくれ」首相は冷ややかに言いかえす。「犯人はシリアで訓練を受けたDAESHのメンバー四人で、レオナルド・ボナッコルソと名乗る人物の命令で動いていた」

ダモーレは瞬きひとつしなかった。「あいにくですが、首相のおっしゃった情報は捏造されたものです」

首相は口をあんぐり開けた。「待て。つまりそうではないということか？」

「はい」

「誰が捏造したというんだ？」首相はまたしても周囲を見まわす。

そういうあんたはどう思うんだ、サンティーニは口髭をつまみながら心の中で問いかえした。

「襲撃を指揮した人物は聖戦士集団とは無関係でした」ダモーレが続ける。「犯行声明を出したカリフは、よくあるように手柄を横取りしようとしていただけです。そして今回に限って、われわれはそれをみすみす許してしまった」

「情報部員は全員、犯行声明の信憑性《しんぴょうせい》を裏付けている。特殊部隊はすでに世界の半分を捜索した……」首相は反論した。

警察長官がうんざりしたように舌打ちをした。六十歳、がっしりした禿げ頭の男で、指はソーセージのようだ。「わたしも違うと思います。サンティーニとは反りが合わなかったが、今回は協力せざるをえなかった。四人は小児愛症者、借家人の一部を食べた連続レイプ犯、アルコール依存症の元警察官、それに沸騰した湯の中で妻を溺死させた男です。おまけに、誰ひとりとしてイスラム教徒ではない」

「ボナッコルソは？　彼は外国人戦闘員ではないのか？」

「われわれの知るかぎり、『ピノキオ』の妖精ブルーフェアリーの可能性すらあります」

「海外の情報機関のほとんどは、われわれが渡した情報を信頼に値すると見なしていました。協力してくれた機関もあります」ディ・マルコが補足する。「ボナッコルソは襲撃には加わっていない。現場にはドクター・カセッリと一緒に後から到着し、接触した実行犯全員と、さらにはCOWの設立者ジョン・ヴァン・トーダーを殺害した。ボナッコルソは彼らといっさい関係なく、どこか別の組織のために行動したと思われます。目的はまだ明らかになっていませんが。捜査は目下、進行中で、とりわけボナッコルソに関しては最大限の慎重さが求められます」

「だが、トッレを誘拐したのはボナッコルソではないのか？」首相は青ざめた顔でコロンバに尋ねた。「それも作り話なのか？」

「たしかに彼です」はじめてコロンバは口を開いた。「でも、イスラム国《ISIS》のためではありません」

「それなら誰のためだ？」

コロンバは歯を食いしばった。「それを知りたいんです」

「アメリカは真相を知っているのか？」首相の声はかすれていた。「アメリカは気づいているのか？　ロシアは？」

カラビニエーリの司令官はディ・マルコの視線を無視して葉巻に火をつけた。「首相、くれぐれもこの件は他言せぬよう、ご忠告申し上げます。わたし自身、何があってもそうしていますから」

首相の顔が真っ赤になる。「倒錯者が四人で大量殺戮《さつりく》など犯さない。自分たちだけでは。何らかの組織の支援がなければ」

「そのとおりです。支援はありました。というよりも、支援以上のものが。四人ともある人物に雇われ、集められたのです」ダモーレは目の前のファイルから一枚の遺体の写真を取り出すと、首相に向けてテーブルの上を滑らせた。黄緑色のドレスを着た小柄な女性で、全身が傷と血でおおわれている。顔はほほ笑みを浮かべたまま凍りついていた。「彼女です」

7

その女性が何者なのかをサンティーニが知ったのは、襲撃事件の直後にディ・マルコを訪ねて〈カセルマ・マテル〉に足を踏み入れた日のことだった。大いに驚いたことに、大佐はキッチンを通り、特殊部隊の兵士が監視する冷蔵倉庫へ彼を案内した。ぶら下がる牛のスネ肉のあいだにあったのは遺体収納袋で、その中には四十歳くらいの女性の遺体が収められていた。東洋風の切れ長の目で、顔にはかすかな笑みが浮かんでいる。

「この女は〝ギルティネ〟と名乗っていた」ディ・マルコが説明した。「幼少期には、政治的な理由で〈スカートラ〉と呼ばれるウクライナの刑務所に収容されていた。一連の行動は個人的な動機によるものだ」

サンティーニはあらためて硬直した女の遺体を見た。「つまり、ＩＳＩＳはまったく無関係だということか。動機を持っていたのはカセッリのほうだったと」

「おそらく」

「その情報はいつ公表するつもりなのか？」

「役に立たなくなったら」

「誰にとって？」

「わが国だ。現時点では、ごく限られた人間しか知らない機密事項だ」

「おれも含めて」

ディ・マルコと視線がぶつかった瞬間、サンティーニはみずからの運命が決まりつつあることを悟った。「『ファイト・クラブ』という映画を見たことがあるか？」ディ・マルコは尋ねた。

「大昔に」

「ファイト・クラブの最初のルールは何だったか覚えているか？」

「クラブのことをけっして口外してはならない。二番目のルールも同じだ」

ディ・マルコはうなずいた。「では歓迎しよう。ようこそ、われらがファイト・クラブへ」

サンティーニは煙草に火をつけると、ふたたび話に耳をかたむけた。首相がふらふらになったボクサーのようにしゃべっていた。「だが、なぜ……そのギルティネというのは、われわれとどんな関係があるんだ？」

「何も。彼女の標的はCOWの設立者でした」そう言って、ダモーレは真っ白な長髪の老人の写真を見せた。日に焼けた顔は死後硬直のせいで恐怖に歪んだままになっている。「ジョン・ヴァン・トーダーというのは偽名でした。南アフリカ人ではなく、ロシア人です。本名はアレクサンダー・ベルイ、冷戦時代の戦犯で、ソヴィエト版ヨーゼフ・メンゲレ（ドイツの医師でナチス親衛隊将校。アウシュヴィッツ収容所で囚人に対して人体実験を行なった）といったところです。ＫＧＢの命令で政治犯を取り締まっていました。何百という人間を〈スカートラ〉と呼ばれるウクライナの精神科病院に送っています。家族ごと、子どもも含めて。その子どものなかに、今回の襲撃を企てた女がいました」

「何てことだ」首相は驚いた。「その男のために四十九名も殺したというのか？　慈善活動に熱心だった人たちを……」

サンティーニは警察長官が鼻で笑ったのを見逃さなかった。

「ＣＯＷ自体、慈善団体というのは表向きの顔に過ぎませんでした」ダモーレも小馬鹿にしたような表情を浮かべる。「実態は、ベルイが第二の人生で築いた民間軍事企業のネットワークです。ＣＯＷは資金洗浄を行ない、人道的な使命を隠れ蓑《みの》にして禁輸地域に武器や人員を送りこんでいたのです」

「なぜ黙っていたんだ？　そんな犯罪者は告発すべきだろう」

サンティーニはため息をついた。気がおかしくなりそうなほど頭が痛む。「首相、ＣＯＷの帽子をかぶった請負業者の大半は友好国で働いていました」疲れた声で言う。「われわれは誰ひとりとして第三次世界大戦を勃発させることに関心はなかった。カセッリ、あとは説明してくれ」

やや困惑しながらも、コロンバは立ち上がって発言した。トミーのことを中心に、レオがダンテを連れ去る前に弟だと名乗ったことは伏せて話を整理する。ディ・マルコに話したときとまったく同じように、二重殺人に対する意見をルーポから求められたのをきっかけに、メラス夫妻に関心を持ったことを説明した。ただしボナッコルソに関しては、ほぼすべてを打ち明けた。

「彼とは、ある銃撃戦をきっかけに知り合いました。あの人は、わたしの捜査に協力するふりをしたんです。もっとも、当時わたしは停職中でしたが」コロンバは順を追って話した。「一緒にギルティネのイタリア国内での足取りをたどって、ヴェネツィアへ向かいました。けれども、残念ながら事の真相に気づいたときには手遅れでした。ダンテ・トッレもわたしたちと行動をともにしていました。事実の解明は彼の力によるところが大きかった。でも、レオがなぜ彼を連れ去ったのかはわかりません。なぜリミニに監禁していたのかも。わたしが発見したのは偶然でしたが、見つけることができて本当によかったと思います」レオからの電話が脳裏にこだまする。続いて、腹部を切り裂かれたときの彼の笑みがよみがえった。あのときの列車の鏡に映っていた顔と同じだった。吐き気がこみ上げ、コロンバは倒れこむように座った。

首相は絶望的な考えにとらわれ、コロンバの話をうわの空で聞いていた。

「つまり、このまま真実を隠すということで全員の意見が一致しているのか」コロンバの説明が終わると、首相は口を開いた。「警察、カラビニエーリ、情報機関。おまけに前政権のメンバーも。何と……恐ろしいことだ」

「いまさら何を」ディ・マルコが当然のように言った。「国連やヨーロッパの各機関の内部に友人をつくるほうが、スキャンダルを起こすよりはるかに有利でしょう」

「わたしはイタリア国民に真実を隠すために首相に選ばれたのではない」

「国民がわれわれに望んでいるのは、自分たちの身を守ってもらうことです。そして、われわれはまさにその重責を果たしています。分別をわきまえて捜査を進めたことで」

「分別？　それは誘導というんだ！」

「首相……〝真実〟というものが過大評価されることは、わたしよりもよくご存じのはずです。そして、頑なに真実を語ろうとする者は、大嘘つきの大衆にとって魅力的ではありません」

　ダモーレはやり手の営業マンのような笑みを浮かべた。「厄介な交渉を行なわなければならない場合に、喜んで協力してくれそうな外国政府の職員のリストを作成しましょう。わが国はヴェネツィアで高すぎる代償を払った。いくらか恩恵を受けるのは当然だと思いませんか？」

8

各国が足並みを揃えることが必要だと首相に訴えるディ・マルコを残して、ダモーレはコロンバとサンティーニとともに車へ向かった。途中、サンティーニがトイレに寄った隙に、ダモーレはコロンバに耳打ちした。

「ボナッコルソについては、会議で報告した以上のことはわかっていないが、ロメロを殺した理由については見当がついている——港だ」

「港?」コロンバは驚いて問いかえした。

「クルモ号が係留されていたヨットクラブの近隣は、男娼が立つ場所として悪名高い地域だ」ダモーレは説明する。「事件の数日前、ロメロが男娼と話しているところを目撃した者がいる。おそらくヴェネツィアを発つ前に、ふたたびあの場所を訪れたにちがいない。ちょうどそのとき、トッレを背負ったボナッコルソが船に乗りこもうとしていた。彼は手を貸そうとしたのかもしれない」

コロンバはその場面を想像した。「気の毒に……でも、誰も彼を捜さなかったんですか?」

「すでにホテルをチェックアウトしていたので。何か気になることとでも？」

コロンバは首を振った。たしかにレオは電話で、ロメロのことを引っかけやすい奴だと言っていたが、実際に引っかけたとは言っていなかった。「ロメロを入れたら、切りのよい数字になるわ」重苦しい口調で言う。「五十名。メラス夫妻のように巻き添えになった犠牲者は含めないでも」

「彼らの殺害事件の捜査権は検事総長の手に移る。検事総長はわれわれと緊密に連携を取ろうとするだろう。しかしポルティコの管轄で動くには、われわれの顔見知りで、かつ状況を把握している人物がいたほうが望ましい」

「サンティーニに頼んでください。そのために給料をもらっているんですから」

ちょうどそのとき、サンティーニが口髭からしずくを滴らせて現われた。「おれは少し仮眠する」足を引きずって車のほうへ歩いていく。「おまえたちはゆっくりしてくれ。じゃあな、ダモーレ。最高に楽しかった」

ダモーレはサンティーニを見送った。「彼はすでに手いっぱいだ。ぼくの頭にあるのは、きみだ。きみは単独でトッレを見つけた」いつのまにか〝きみ〟と呼ばれていた。

「偶然です」

「違う。われわれのなかでボナッコルソをよく知っているのはきみしかいない」

コロンバは大声を出したかったが、それだけの力は残っていなかった。「わたしは彼を知らない。わかりますか？　彼はわたしを手玉に取った。あなたたちを手玉に取ったように」

「ディ・マルコへの反感で決めないでほしい。きみはこれまでも自分の義務を最優先にしてきただろう」

「あなたたちとは違ってね」コロンバは車に乗ると、ドアを叩きつけるように閉めて会話を打ち切った。車の中では、例の兄弟ではないふたりの男が待っていた。サンティーニはすでに酒くさい息を振りまきながらいびきをかいている。リミニに着いたときには夜が明けていた。病院に戻ると、コロンバはガラス越しにダンテの様子を見てから、無菌エリアの外にある付き添い用のベッドに横になり、防水靴も脱がずに眠りこんだ。

一方のサンティーニはシャツも靴も脱ぎ捨て、戦いの夢を見ながらローマへ向かった。

9

コロンバは病院から一歩も動こうとしなかった。代わりに着替えを取りに帰ったのは〝カセッリ〟氏の入院中の警備を命じられたアルベルティで、コロンバはダンテのそばから二メートル以上離れなかった。

ダンテは蘇生処置のために個室へ移され、コロンバは部屋の中をゾンビのようにうろついていた。彼が本当に——生きて——目の前にいると思うと、血のかたまりのような苦痛は少しずつ和らいだものの、新たな不安がこみ上げてきた。助かったように見えながらも、このまま死んでしまうのではないか。あるいは寝たきりになるか、脳に障害が残るのではないか。またしてもレオが現われ、彼を連れ去って行くことも心配だった。

安全上の問題から、ダンテが発見されたことは公表されず、ディ・マルコの部隊はテロの危険を口実にポルティコからリミニにかけて徹底的に捜索を行なった。その結果、支出を正当化するためだけに、パキスタン人の労働者とモロッコ人の皿洗いが数名、国外退去処分となった。ルーポは上層部からコロンバを怒らせないように説得され、情報機関の陰謀についてのブルーノの疑念はますます強まった。ルーポはメラスの事件からも外されて、捜査は司令部に引き継がれ、司令部は書類を要求するばかりで、ルーポの訴えには耳をかたむけなかった。言うまでもなく、ダンテが見つかったこともルーポには知らされないままだった。ヴィジェヴァーニもあえて言わなかった。司法官は休暇中で、ルーポの携帯番号を着信拒否にしていたのだ。

けれどもバルトは、発見から三日後の午前六時にダモーレから知らされた。中庭で吠える犬の声と、頭上から聞こえるヘリコプターのバタバタという音でバルトは目を覚ました。

「また？　いったい何なの……」文句を言いつつ、パジャマの上にダウンジャケットをはおると、急いで犬たちを連れ戻しに外に出た。二匹とも驚いて、周囲の家のドアを引っかきながら跳びはねている。

向かいに住む、髭の濃いタトゥーだらけのカメラマンが、ショートパンツ一枚でドアを開けた。「頼むから、小便に連れていってやってくれよ」

「悪いけど、わたしのせいじゃないの」

バルトは門を出ると、建物の裏の荒れ放題の空き地に急いだ。ヘリコプターはちょうど着陸するところだった。迷彩服を着た兵士と、日焼けしたさわやかな男が降りてくる。

「わたしに近所じゅうの厄介者のレッテルを貼るつもり？」バルトは怒鳴った。「何が嫌で電話を使わないの？」

「朝早くにすみません、ドクター！」さわやかな男はアイドリング状態のエンジン音に負けないように叫んで手を差し出した。「ＡＩＳＩのダモーレです」

「ロベルタ・バルトーネよ。何があったの？　またしても襲撃事件？」

ダモーレはにやりとした。「今回に限ってはよい知らせです」

その知らせを聞くなり、バルトは部屋に駆け戻って着替え、ペットシッターを手配してから、アシスタントに連絡してスケジュールを調整させた。

10

コロンバが目を覚ますと、ダンテのベッドの横にバルトが座り、彼の手を握っていた。

「来てたの？」

振り向いたバルトの目は潤んでいた。「やっぱりあなたは、わたしにとって最高の警察官だわ」

「元、だけど」コロンバは起き上がってバルトを抱きしめた。「奇跡としか言いようがないわ」

「あなたが奇跡を起こしたのよ」

コロンバは心配そうにダンテの顔を見た。少し肉づきがよくなった？　赤みが差してきた？「容態は？」コロンバは友人に尋ねた。

「カルテを確認して、医長とも話したけど、おそらく快方に向かっているわ。感染症は治まってきたし、血圧も上昇している」

「だったら、なぜ目を覚まさないの？」

「時間が必要よ。まだ身体が弱っている。シャワーを浴びてきたら？　そのあいだに朝食を買ってくるから」

　バルトがミックスサンドを持って部屋に戻ると、着物風のバスローブをはおったコロンバが大声で小説を読み上げていた。「それ、どこで買ったの？」

　コロンバはページの端を折ると、サラミのサンドイッチを三ついっぺんにつかんだ。「十六歳の誕生日プレゼント。ずっとメッザノッテの家に置きっぱなしだった」

　バルトはにやりとした。「きっとおもしろい女の子だったのね。さあ、早く食べて。あなたの口から全部聞きたいわ」

　コロンバはナイトテーブルに置いてある水のボトルに口をつけて飲むと、廊下に向かって叫んだ。「アルベルティ！」

　彼が部屋に飛びこんでくる。「何かご用ですか？」

「わたしが戻るまでダンテのそばにいて」コロンバは命じた。「ちょっと庭を散歩してくるから」

　ふたりは病院を取り囲む楢《なら》と柳の木立ちに出ると、パジャマの上に上着をはおって点滴スタンドを引きずる患者たちのあいだを歩きながら話した。「本当にパードレがトミーと何か関係があると思ってるの？」コロンバからひととおり話を聞くと、バルトは尋ねた。

「パードレか、でなければ彼の支援者ね」

「レオのこと？」

「ダンテは前からレオとパードレがつながっていると確信していた。レオがダンテを監視しはじめたのは、パードレが死んだ直後だった。ダンテの素性を知っているとしたら、たぶんそれは真実だと思う」

「もうひとりのサイコパスというわけね」

「ダンテによると、パードレは子どもを対象に自閉症の治療の実験を行なっていたらしい。大手製薬会社のために」

「その分野の障害をすべて治療する薬なんて、患者の人格を破壊しかねないわ」

「でも、ものすごい価値があるでしょう？」コロンバは尋ねた。

「そりゃそうよ」ふたりは壁のほうへ移動し、バルトは居合わせた医師から煙草をせしめた。

「なぜ情報機関に話さなかったの？　その方面の捜査なら得意なはずでしょう」

「ディ・マルコは信用できない。何を考えているのかわからないから。唯一、認めざるをえないのは愛国心に燃えていることね。おそらく脛に疵《きず》を持っているにちがいない。陸軍を辞めて、テロ対策部門《DAT》の責任者になるような人物なら、そんな疵跡はとっくに消してるだろうけど」コロンバは金属製のゴミ箱を狙って小石を投げた。だが、外れた。「それに、彼らはトミーの過去を調べたけれど、何も発見できなかった。あなたはどう？　何か思いついたことはある？」

バルトは首を振った。「あいにく。監禁されていた人のうち、面会できたふたりの証言と、例のコンテナ、あなたがパードレを殺したキャンピングカーの保管場所を証拠として提出したけれど、他の被害者や監禁場所の存在を示すようなものは何もなかった。もしいたとしても、いまごろは誰ひとり生きているとは思えない」

「レオの監視下になければ、ね」コロンバは言った。もう一度石を投げると、今度はゴミ箱の縁に当たり、胸のすくような音を立てた。「とにかく、一刻も早くダンテに目を覚ましてもらわないと。この泥沼状態から脱するには、たとえ虫食いでも彼の脳がないとだめだわ」

11

ダンテの脳は、長時間機能していなかったにもかかわらず、さいわいにも障害が残ることはなかった。髄膜炎の初期症状は消え、発見されてから一週間後には胃瘻カテーテルが外れ、鎮静剤の投与量も減らされた。そうしてダンテは雲ひとつなく色もない、このうえなく退屈な楽園で意識を取り戻した。永遠にも思える時間をかけて少しずつ、果てしなく続く白い世界が静寂のなかで揺らめく形で埋め尽くされる。やがてその形は厚みと音を得て、周囲に揺れ動く影となり、ボコボコいう音、口笛のような甲高い響きやうなりを途切れることなく発しはじめる。それは言葉だったが、ダンテには理解できなかった――感覚とともに、ことごとく彼を素通りしていく。自分の目が開いていることにも気づかなかった。

そして十日目にしてはじめて、意味をなす言葉をよみがえらせたのは、最初に味わった感覚――渇き――だった。

水。

その言葉は頭上を漂いながら脈打っていた。ダンテはひんやりしたしずくが落ちてきて、ちくりと刺さるのを感じた。

雨。
その味が口に広がる。鉄っぽい味は――
血のようだ。
概念と刺激の袋が膨らんで頭がはち切れそうになり、ダンテはあらためて感じた――
人間であることを。
傍《はた》から見ると、まぶたが震えているだけのようだったが、心の中では――
宙返りしていた。
喜びのあまり。
そして揺れ動く形はその速度を落とし、いまや細部まで見えるようになった。まっすぐ放たれる緑の稲光はまるで――
電撃だ。
その形が基準点となった。越えがたい山の向こうに見えるのは――
シーツ。
それ以外の形が近づいてきて飛びまわるが、緑の稲光を放つものは同じ場所に留まっている。またしてもテンポがゆっくりになった。頭の中にあふれる言葉が重しとなってバランスをとっているかのように。景色が鮮明になり、世界に熱と色が加わった。
においも。
そのにおいが脳に火をつけた。それぞれの分子が、かつての彼の感覚や記憶を伴っていた。

形が立体的になる。それは古い肘掛け椅子に座っている女性だった。手にはぼろぼろの本。毛玉だらけのウールのセーターにジーンズ姿で、素足をベッドにのせていた。

その女性が緑の目を向けたとき、ダンテは彼女の名を思い出した。

12

「空気」ダンテは唇を動かした。

コロンバは勢いよく立ち上がると、ボタンを押して看護師を呼んでから、折りたたみ式ベッドのキャスターのロックを解除し、ベッドを廊下に出して急ぎ足で非常口へ向かった。ダンテはしきりに目を動かしている。怯えたような視線だった。

アンチパニック機能付きのレバーハンドルを下げると、瞬時に警報装置が作動し、アルベルティともう二名の警察官が拳銃を手に駆けつけた。コロンバは彼らを無視して走り、ベッドをバルコニーまで押していった。

外の空気が奇跡を起こしたようだった。ダンテは落ち着いて、コロンバに目を向けた。彼の口がゆっくりと何かをつぶやく。

ダンテが苦しげに〝CC〟とささやくのに気づくと――そのニックネームはどうにか受け入れられるようになっていた――コロンバは涙目でかがみこみ、押しつぶさないように注意しながら彼を抱きしめた。驚くほど軽かった。骨の中が空洞かと思うほど。

さらに二週間のリハビリおよび治療を経ると、ダンテは移動が可能になり、証人保護局の上層部は陸軍病院に転院させようとした。だがコロンバは反対し、ポルティコの病院に入院させるよう説得した。そこならリミニと違い、カセッリ氏が廃業したクリニックで発見されたという噂も広まっていないからだ。ポルティコの病院は規模は小さいものの設備は整っており、隣は荒れ放題の庭で、壁に囲まれているおかげで通りからは見えなかった。ダンテは庭に設置された赤十字の野外病院に滞在することになった。別のテントには警備本部も置かれた。誰かがダンテに気づく可能性は低かったが、噂話が広まるのを避けるため、周囲のテントには誰も入れず、このキャンプ場で近々開かれるアウトレットセールを予告するポスターが貼られた。そうすれば警察官が夜間警備員に扮して監視をしていても怪しまれないだろう。

ダンテのテントでは、彼の頼みでコロンバはビニール生地をナイフで切り、ベッドの頭の部分を外に出した。まだ寒く、陸軍の兵士が電気暖房装置を高圧線に直接繋いでくれたが、ダンテはほぼ一日じゅう顔をテントの外に出したままだった。空を見ていると、少しずつ目のピントが合い、自分がどこにいるのかを理解することができた。彼の頭は、さながら壊れた万華鏡だった。移ってきてしばらくのあいだは、正常に働くこともあったが、たいがいは陶器の破片がガチャガチャと音を立てるばかりだった。その間は時間も言葉も混乱して口ごもっていた。何人かの顔は見分けることができたが、強すぎる音に怯え、自身の身体を感じることもままならなかった。涙が出た。とりわけ夜には。コロンバが起きて、子どもをあやすようになだめたことも一度ではなかった。「大丈夫。ここは安全だから」

目覚めてから三週間が過ぎるころには、ダンテは簡単な言葉を並べ、喉に詰まらせないようにコロンバが食べさせてやれば、やわらかいものを呑みこめるようになった。

目を開けると、コロンバはいつもそばにいた。天気のよい日には外に座っているか、あるいはテントの中で古い本を手にベッドに足をのせている。言ってみれば、彼がこの世界に戻るための案内人であり、ちょっとした日常の動作が思い出せないときの手引だった。ダンテは日用品に対してしょっちゅう驚きや恐怖のまなざしを向けた。ボタンやスプーンを前にすると、頭が混乱した。怒り、落涙、パニックの発作に見舞われ、落ち着きを取り戻すと恥ずかしさを感じた。しどろもどろな話し方、締まりのなくなった身体、放心の瞬間を恥ずかしく思うのと同様に。

彼が子どもじみた気まぐれを起こしても、コロンバはけっして忍耐を失わなかった。価格がリラで表記されているほど古い版の『武器よさらば』(ちなみに三百五十リラ)、ダンテが見逃した映画の批評、最新のニュースなどを読み聞かせた。彼に頼まれて、テントに〝クリスタルレイク〟と書いた紙を貼り(何かの映画に登場するおぞましい場所だったような気がする)、マルケ州や自分の家族について語り、少しずつ――かつきわめて慎重に――ダンテが不在のあいだの出来事を話した。トミー、メラス夫妻、精神科医のパーラ、ルーポ、ロメロ、そしてダンテにたどり着くまでの経緯を。

ある晩、ダンテは喉を掻き切られるかのような断末魔の叫びをあげた。コロンバはテント内に小さな仕切りをつけた別のベッドで眠っていたが、拳銃を手に駆け寄った。「どうしたの？」

「レオが……見たんだ」ダンテの声は気管切開のせいでかすれていた。

コロンバは返却されたばかりの拳銃を構えて周囲を見まわす。「どこ？」

ダンテの唇が歪む。「ミュージカル・ボックス」そう口にしてから咳きこんだ。

「わからない」コロンバはやさしく言う。「もう一度言って」

「大きな穴。寒い。何て長い旅だ！」ダンテはいまにも泣き出しそうだった。「くそっ。ちくしょう」ウナギのようにのたうちまわる脳の動きを止めることに意識を集中させる。

「〈スカートラ〉」

「〈スカートラ〉？　あのギルティネの？」

「すばらしい《ヴンダーバー》！」ダンテはうれしそうに言った。「ワンダーブラ！」

言葉と、どこから思いついたのかわからない文句をまぜこぜにしつつ、ダンテはチェルノブイリで目覚めたこと、レオと会ったことを、頭に浮かぶままコロンバにかいつまんで語った。コロンバはただの夢だと言って、それを証明するためにウクライナやチェルノブイリの衛星写真を見せた。「見て。何もないでしょ？　原子力発電所が爆発したあと、〈スカートラ〉は取り壊された。教えてくれたのはあなたよ」

最初、ダンテは信じようとしなかった。すべてがあまりにも生々しかった。当面の住まいとなったテントよりも。だが、徐々にはっきりと現実を把握するにつれ、すぐにコロンバの言うとおりだと気づいた——何もかも夢だった。空白の一年半は眠っているうちに過ぎたのだ。みごとな逃亡劇も、放射能汚染も、勇気ある行動も、自分の弟だという男との対決も、何ひとつ起こらなかった。だが、ダンテはその夢に意味があると確信していた。あるいは、不運のなかで何らかの希望を見出すためのものであると。

身体はテントの中に入ったまま、頭だけ庭に突き出して凍えている状態で、冬の灰色を失いつつある空の月を見つめながら、あれも幻覚なのだろうかと考えた。ひょっとしたらまだヴェネツィアにいて、レオが長年、自分を監視していた男だと気づいた瞬間に留まっているのではないか。本当に〝箱〟の中に閉じこめられて、頭がおかしくなってしまったのかもしれない。そしてコロンバはまだ自分を捜している。なぜなら、彼女に道筋を示したトミーなる人物は存在しなかったから。

あるいは、そもそも〝箱〟も、襲撃事件も、レオも現実ではないのかもしれない。

きっと自分はいまでもサイロに閉じこめられ、パードレに囚われ、実際には経験しなかった人生を思い描いているだけなのだ。

第二章

1

分厚いニット帽をかぶりサングラスをかけたコロンバは、スタジアムのように満員のポルティコの大聖堂《ドゥオーモ》の大階段を上った。メラス夫妻の追悼のために、県当局の関係者全員と礼服姿の警察官が集まった。何しろこの地区では石器時代以来はじめての二重殺人だった。DNA鑑定を含め、遺体に対するあらゆる分析を終え、ようやく司法官が葬儀を許可したのだ。ポルティコは一ヵ月ぶりで、それまで訪れた回数も数えるほどだったが、コロンバは誰にも気づかれないようにずっと目を伏せていた。

葬儀が始まる前に、またしても雨が降りはじめた。広場には色とりどりの傘が開き、人波に呑まれたコロンバは、身廊に置かれた棺のそばまで来てようやく立ち止まることができた。蓋をおおい尽くすほどの花も、空欄の多い請求書を隠せはしなかった——デメトラはカタログから最も安い棺を選んだにちがいない。

それでもデメトラは、十連の真珠のネックレスを巻きつけ、悲しいというよりも怒った顔で最前列に座っていた。兄と義姉の殺害事件の捜査は終了からはほど遠く、そのせいでイタリアに留まらざるをえなかったからだ。パスポートは使用停止にされ、司法官やカラビニエーリから尋問を受けて、これまでの人生を残らず暴露させられるはめになった。デメトラの隣には警察関係者が固まっていた。そのなかにルーポと、礼服を着た四人の部下、それに分署で電話応対係を務めている松葉杖を持った両脚のない男の姿があった。

コロンバは柱の陰に移動して、そのまま参列者の顔ぶれを確かめた。群衆のなかには、監察医のティーラ、今日ばかりはクリンゴン語（SFテレビドラマ『スタートレック』に登場する異星人が使用する言語）の書かれたTシャツを着るのをあきらめた携帯ショップのオタク店長、それにモンテニグロのバールの韓国系バリスタの姿もあった。パーラもいる。言うまでもなく全身黒に身を包んだ彼は、カテリーナと一緒に少し離れたところでフレスコ画を鑑賞し、低い声でひっきりなしに話しながら葬儀が始まるのを待っていた。コロンバは観察を続け、場違いな参列者がいないかどうか目を光らせた。ひょっとしたら付け髭で変装したレオが、みずから手を下した犠牲者をふたたびあざ笑うために現われるかもしれない。そんなことは実際にはありえないとわかっていたが、家でじっとしていても、そう考えると居ても立ってもいられないだろう。

司祭が葬儀を開始した。コロンバは十字を切って主の祈りを唱えると、振りかえって出口を探した。ちょうどそのときトミーが入ってきた。

付き添っているのはグレーの髪のきびきびとした女性だ。おそらくトミーが暮らしているグループホームのソーシャルワーカーだろう。トミーは落ち着いた様子だったが、青いウールのタートルネックのセーターに、腿の部分がはち切れそうな茶色いコーデュロイのズボンをはいた姿は、前にもまして巨大に見えた。雛鳥のようにぎこちなく頭を動かし、両手を握りしめ、一歩ごとに意味のない音を発して司祭の声を妨げながら周囲を見まわしている。誰もが注意するように振り向き、司祭はミサを中断した。コロンバは視線を感じながら出口へ急いだが、人ごみのなかでは思うように進めなかった。トミーが彼女に気づき、ステンドグラスを震わすほど鋭い叫び声をあげた。と同時に付き添いの女性を突き飛ばし、上の歯を見せて満面の笑みを浮かべながら走ってきた。

「落ち着いて、トミー」コロンバはやさしく言った。「突き飛ばさないでね」

トミーに手を握られ、コロンバは群衆のなかでめちゃくちゃなバレエを踊らざるをえなかった。奥のほうでルーポと部下たちが振りかえるのが見えた。彼女に気づくと、ルーポは顔を真っ赤にした。

「トミー、悪いけどわたしは帰らないと」コロンバはそっと手を振りほどいた。ルーポに追いつかれたくはない。

トミーは動揺してぶんぶん首を横に振る。コロンバは彼の頭を撫でた。「すぐに会いにいく。約束するから」そう言ってトミーを付き添いの手に委ね、どしゃ降りの雨のなか、外に出た。背後からパイプオルガンの重厚な音が聞こえてくる。そのとき、あたかも呼び出されたかのように、広場の真ん中にダモーレがゲイ・プライド（LGBTの人々が自己の性的指向に誇りを持つべきとする考えや、それを称えるイベント）の虹色の大きな傘を差して現われた。

「やっぱり来たのね」コロンバは言った。

ダモーレはにやりとする。「例のごとく、目立たないように。そろそろ昼食の時間だ。一緒にどうだい？」

「今日の病院のランチはミートローフだから。食べ損ねるわけにはいかないの」

「おいおい、しばらくそっとしておいたんだ。かといって、もちろんきみのことを忘れたわけじゃない。おごるよ」ダモーレは傘を掲げた。「ほら」

コロンバは距離を保ったまま言った。「濡れたほうがましよ。案内して」

2

ふたりはポルティコの住民が〝ダル・ファッシスタ（ファシストのところ）〟と呼ぶトラットリアで昼食を取った。ファシスト政権時代にムッソリーニが建てさせ、歴史的な建造物になった大きな壁に由来している。年老いたウエイトレスが、ふたりの前に猪肉の煮込みと網焼きのフォカッチャが入ったかごを置いた。周囲のテーブルはやかましかったが、ふたりは淡々と自分たちの会話を進めた。「デメトラ・メラスがトミーの法定後見人になろうと申し出た。何とか阻止しようとしているが、ほかに親戚が名乗り出なければ、最終的に彼女が後見人の立場を勝ち取るだろう」

コロンバは驚いて皿から目を上げた。「関心があるとは思わなかった」

「もちろん理由がある。二千五百万ユーロの理由が」ダモーレが言った。

「どういうこと？」

「彼女の兄は大富豪だった。ヴィラ・クイエテも彼のものだ。エクイティ・ファンドを通じて所有会社の大株主になったんだ。死ぬ前にすべてをトミーの名義にしていた。だから相続する必要はない。すでにトミーのものだ」

「彼は依然として二重殺人の捜査対象者になっている」とコロンバ。「なぜ容疑を晴らせないの？」

「トミーを孤児にしたのがボナッコルソだという証拠がないからだ。検事総長は捜査に理解を示しているが、単なる推理だけでトミーを無罪にする気はない。奴とメラス家の人間との関連も、イタリア国内での奴の足取りもまだ見つかってはいないんだ」

「ミラノの爆発事件を除けば」

「ボナッコルソを目撃した唯一の人物は、全身の七十パーセントに火傷を負っている。たとえロメロのアパートメントに有力な手がかりを残していたとしても、とっくに燃えてしまっただろう」

「こんなに捜査が難航するとは思わなかった」コロンバはつぶやくと、フォカッチャを取ってむしゃむしゃ食べた。

「何かアドバイスをくれるとうれしいんだが」

コロンバはワインでフォカッチャを呑みこんだ。「思いついたら言うわ」

ダモーレはにやりとする。「いつまでぼくたちを仏頂面にしておくつもりだ？　きみはボナッコルソに晴らすべき恨みがあって、ぼくたちは協力を求めている。あいつがいったい何の目的でここに来たのかだけでも知りたい」

コロンバはフォカッチャをソースに浸した。「いまごろは地球の裏側にいるかも」

「以前もそう考えていたが、それは間違いだった」ダモーレは猪肉の最後のひと口を食べた。

「こちらとしては、いつでもきみを捜査に迎え入れる準備はできている。必要なら自主性も尊重しよう。以前の部下を使っても構わない。もちろん給料も支払う」

「あなたたちにしてはずいぶん気前がいいのね」

ダモーレはソースで赤くなった口に笑みを浮かべた。「そのとおり。これ以上いい話はないはずだ」

3

〝野外病院〟へ戻るあいだ、コロンバはその提案について真剣に考えた。単独ではレオを捕まえられないことはわかっていた。彼がふたたび現われたと思うと焦燥感に駆られた。さいわいにもダンテはもうつきっきりで看病する必要はない。言葉もはっきり発音し、立ち上がって歩くこともできる。ただし、歩行器につかまらなければならなかった。ダンテは歩行器をものすごく嫌がった。アニメ『ファミリー・ガイ』（アメリカで一九九九年から放送されている社会風刺系のアニメ）に登場する、あの小児愛症者の老人と同じだからだ。とにかくダンテの声はがらがらで、あいかわらず話が飛ぶこともあるが、その回復ぶりは奇跡とは言わないまでも、目を見張るものがあった。とはいうものの、健康な患者に対する長期の鎮静《セデーション》は記録がないため、医師にとっては比較すべきものを見つけるのが難しかった。

「昏睡状態も三度目ともなれば、回復が早くなる」ある晩、透明なテントの中で食事をしているときにダンテが言った。彼はふたたび動物性食品を摂らなくなり、いくら医師たちが顔をしかめても、ミネストローネにボディビルダー用のベジタリアン・ドリンクを混ぜていた。一方のコロンバは、その晩は侘しく鶏の胸肉とサラダだけだった。最近になって体重と筋肉が増えはじめ、それ自体は歓迎すべきことだったが、ベーコンになるのはまっぴらだった。

「三度目？　からかわないで」

「薬品の過剰摂取。ぼくは実験と呼んでいたが、医者は同意してくれなかった」

「たわ言はいいかげんにして。でも信じてあげる。あなたはまだ半分おかしいから」コロンバは歯できれいに肉をこそげると、叉骨《ウイツシユボーン》を差し出した（食事の際に皿に残ったY字形の骨をふたりで引っ張り合い、長いほうを引いた者の願いが叶うという言い伝えがある）。「引いて」

ダンテは言われたとおりにして、長いほうを引き当てた。「ぼくの勝ちだ」

「何を願ったの？」コロンバは尋ねた。

「失ったものを苦労せずに取り戻せるように。無理だとは思うが」

十三年間、パードレに監禁され、世間から隔離されて過ごしたダンテは、その間のポップカルチャーをことごとく収集し、箱に詰めていた――服、もはや登場人物さえ忘れ去られたテレビ番組のビデオカセット、製造中止になった消臭剤、未開封のレコード、キンダーサプライズのチョコエッグに入っている人形、サッカー選手のフィギュア、ひと夏しか販売されなかったおもちゃ、クリック・クラック（ミニカーや建物など、環境に配慮した組み立て式の木の玩具）のようなもの、ファッションのカタログやインテリアの雑誌……。そして今回はさらに十八カ月の空白期間がある。八〇年代よりもはるかに複雑な、記録される前にソーシャルメディアを介して口コミで築かれる、実態のない世界で。

看護師や警備の警察官の言葉や仄めかしで理解できないことがあるたびに、ダンテは傷ついた。サイロから逃げ出したばかりで、トイレもナイフやフォークも靴も電話も使えなかったぶざまな若者に戻ったようだった。あの暗黒の時代を乗り越えられたとしたら、サイロで培った唯一の能力――観察眼のおかげだろう。自分を取り巻く人々を理解するために、ひとりひとりの身振り、音、におい、表情を整理してまとめ、記憶した。複雑な外国語を勉強するように。二十歳になるまでに、ダンテは開いた本のように人間の表情を読めるようになっていた。そして人生を変えるような発見をした――「みんな嘘をついている」。自分の都合や不安で、または相手を楽しませたり気を引いたりするために、あるいは愚かさや悪意から、と、さまざまな理由で嘘をつき、しばしばその嘘をみずから信じこむ。

そうしたことをコロンバはよく理解していた。ふたりの関係がうまくいっていたのは、自分がダンテに対してつねにばか正直だったからだということも。少なくとも彼が目を覚ますまでは。目を覚ましてからは、行方不明だったあいだの出来事には極力触れないようにしていた。

けれどもテントに戻って、ベッドの足元に真新しいテレビがあるのを見て、もはや隠し通せないことに気づいた。

4

ダンテがテレビから視線を上げると、コロンバは思わず目をそらした。

「いつ届いたの？」足元を見ながら尋ねる。

ダンテはリモコンでテレビを消した。「今朝、きみが出かけているあいだに。ネットフリックスがヴェネツィアのドキュメンタリーを制作している。知ってたか？」

「ええ」

「何があったんだ、CC？　警察の連中はどういうつもりだ？」

「彼らは何もかも隠蔽した。というより、わたしたちは。わたしも協力したの。自分にも責任があるから」

「嘘だ」興奮のあまり、ダンテは目覚めたばかりのときのように言葉がつかえた。「きみがそんなことをするはずがない」

「だけど事実なのよ。全部聞きたい？　それともわたしの首を絞める？」

ダンテは目をつぶった。「何てことだ。話してくれ。最初から、頼む」

コロンバは彼のベッドに腰を下ろし、防水靴を脱いだ。「レオがわたしを刺して、あなたをスポーツセンターから連れ去ったあと、わたしは気を失った。目を覚ましたのは三日後で、ヴェネツィアの病院にいた。大量に出血して、錯乱状態だった」モルヒネの効果が切れるたびに腹部で手榴弾が爆発するようだった。「誰も見舞いに来なかったことにも気づかなかったくらい。サンティーニ以外は、ね。サンティーニはわたしの状態を聞いて、外で何が起こっているのか説明してくれたけど、何ひとつ頭に残らなかった。それでも一週間後には、わたしがスポーツセンターにいたことをまだ誰も知らないと気づいた。偽名で入院していたし、母にさえ連絡がいっていなかった」

「隔離されていたのか」ダンテはつぶやいた。

「サンティーニはわたしを説得するように上から命じられて来たの。わたしが民間人にしろ取調官にしろ、とにかく誰とも接触しないうちに。ヴェネツィアでは、あなたと一緒に休暇を過ごしていて、たまたまスポーツセンターを訪れただけだということにしろ、と」あのときの元上司の声はいまでも耳に残っていた。〝四十九人も死んだんだぞ。四十九人も。しかも、おまえは何が起こるのか知っていた〟。「サンティーニに言われた。真実を話せば、報告を怠り、正義を妨げ、襲撃に加担した罪で起訴されるだろうって」

「きみは危険を知らせようとしたのに……」ダンテは呆然とする。

「ギルティネの存在について、わたしの推理を話した際の調書はすべて破棄された。サンティーニは隠蔽工作の片棒を担いでいると自覚していたけど、ほかに選択肢はなかった、と」あの日のサンティーニはぼろぼろで、なかば酔っ払っていた。「万が一、わたしの証言が事実だと認められたら、彼も上司も、とにかくわたしに耳を貸さなかった人間がひとり残らず、わたしもろとも身を滅ぼすことになるから」

「上等じゃないか」ダンテは怒りをあらわにした。「くそっ。あいつらが身を滅ぼすのをこの目で見たかった」

「わたしは刑務所に入っても構わなかったけど、あなたを危険にさらすわけにはいかなかった。非難の応酬、調査委員会、スキャンダル……それに司法官が調査を始めようとするたびに、わたしが窮地に陥れた人たちの反対に遭うおそれもある」

ダンテはベッドの操作ボタンに怒りをぶつけ、頭部をいったん下げてからふたたび上げた。

「ドキュメンタリーでは、きみが勲章をもらったと言っていた」

「受け取りになんか行かなかったわ」コロンバは自分の足に毛布をかけた。寒かった。「ローマの病院に移ったとたんに大騒ぎになった。新聞記者が直接話を聞こうと、どこにでも入りこんできた。それからあなたのファンが押しかけてきて、わたしにあなたを殺したと自白させようとした。あのスローガンも広まりはじめた」

「知っている。〝ダンテ・トッレの真実を〟――正直、光栄だよ」

「看護師に変装して、わたしに自白させるために病院に侵入しようとした男までいたわ。入口で制止されたけど、運よく」その男はパン焼き職人の友人に借りたという小麦粉だらけの白衣を着て、ナイフも持っていた。「でも、もっとたちの悪いのは同僚だった」

「どうして？」

「あなたを見つけられなかったから。おかげでわたしは偽証者にされて、あなたの居場所はわからずじまい。わたしは誰彼構わず当たり散らした。そして、まだ完全に回復しないうちに精神鑑定が行なわれて、もう現役警察官には不適格だと宣告された。復帰できたとしても、パスポートの管理事務所とか、そういった部署に追いやられると。いずれにしても、警察官を続けるつもりはなかった。何しろあんなことをしたんだから。それで退院と同時に辞職した」

病院を出てちょうど四キロ運転したところで牛に衝突し、車がぺしゃんこになった。鎮痛剤のせいで頭がぼんやりして、しばらくは反応できなかった。やむをえず列車に乗り、かつて家族で暮らしていた古い家にやってきた。そして、そのままそこに居ついた。

「あなたを捜すためのことが、何ひとつできなかった。あなたに関する新たな情報も入ってこなかった」コロンバは淡々と語った。「何度となく考えたわ。真実を打ち明けて、ディ・マルコより優秀な人物が現われるか、司法官が捜査に着手するのを待つべきだったのではないかと。いまも考えている。もっと早くあなたを見つけられた人間がいたかもしれない」

ダンテはもがいている毛虫のようにベッドの端から端まで転がった。「やめろ。そんなふうに考えるな。きみは不可能を可能にしたんだ」

「いいえ、わたしはことごとく失敗したのよ」コロンバは鼻をすすった。「ギルティネを止められなかった。もう少しであなたを死なせるところだった。数えきれないほど嘘をついた。しかも、たいした理由もなく。警察はあんな状態になるまであなたを見つけられなかった」

またしても鼻をすする。

「きみのせいじゃないさ、CC。許せないのは情報部員や政治家の連中だ。奴らは自分の都合のいいように話を書き換える。そして有能な人間を脅迫する」ダンテはかぶりを振った。「いまに始まった話じゃないが。いつでもそうだ。もっとも、ここから出れば、もう奴らとは縁が切れるだろう」

コロンバはため息をついた。「そのことだけど……もうひとつ言っておくことがあるの」

5

コロンバはダモーレの申し出について説明した。「テロ対策チームに協力してほしいそうよ」

「それで、クソ食らえと言ったのか？」ダンテはコロンバをじっと見つめる。「いや、言っていないな」彼は毛布の中から煙草の箱を取り出し、一本引き抜いて火をつけた。

コロンバは飛びかかった。「気でも触れたの？」叫んで煙草を取り上げようとするが、ダンテは手品師のごとく一瞬にしてそれを手の中から消し、耳から出した。かつてのようにいとも簡単にやってみせたが、顔をしかめたところを見ると、煙草が鉛のように重く感じられたにちがいない。

「CC、ぼくは大人で、ワクチンも打っている」そう言って、ダンテはボガートスタイルで煙草を燻《くゆ》らした。

「おまけに病み上がり」コロンバは煙草を箱もろとも中庭に投げ捨てた。「腹を立てるのは勝手だけど、自殺の理由としてはいまひとつね。いずれにせよ、引き受けたとしても全面的に協力するつもりはない。ふりをするだけ。彼らが知っていることを利用するために。情報は彼らのところにしか入ってこないから」

「なぜそんなことを？」

「レオを見つけるため。それだけじゃ納得できない？」

「当たり前だ」

「かつてレオはあなたの悪夢だった。彼を捕まえようと、あんなに必死だったのに」コロンバは驚いた。

「そうこうするうちに向こうがぼくを捕まえて、悪夢は終わった」

「レオを捕まえるのはわたしの義務でもある」

「きみはぼくと同じ被害者だ、ＣＣ。そして被害者の持つ唯一の義務は、よりよい人生を送ることだ」コロンバの顔に影がよぎり、彼女は目をそらした。だがダンテは見逃さなかった。その瞬間、あのときの光景が脳裏によみがえる――ヴェネツィア行きの列車で彼女がレオとコンパートメントを離れた際にも、その目はいまと同じようにきらめいていた。「彼と関係を持ったのか」

コロンバは爪を噛んだ。「気づかれないと高をくくってた。どっちにしろ、わたしが誰と寝ようがあなたには関係ないでしょ」

ダンテは声を荒らげ、咳で喉を詰まらせた。「ぼくを誘拐した奴だぞ。しかもぼくの弟だ。もし妊娠していたら、ぼくはきみの子どもの伯父になる」

「何言ってるの？　それに、レオのＤＮＡはあなたとは血縁関係が認められなかった」

「パンティから検体を採取したのか？」コロンバは防水靴を投げつけたが、わずかに逸れた。「ばか！　鑑定に用いたのは毛髪。でも、もう一度言うけど、あなたには関係ない。罪悪感を感じてるのは自分が堕ちるところまで堕ちたからで、あなたに対してじゃない」

遅い午後の陽射しがコロンバの顔の片側に降り注いでいた。ダンテはまたしても下腹部がざわめくのを感じた。何と美しいんだ。心の中にこれまで一度も経験したことのないものがあるのに気づく──嫉妬。ずっと軽蔑していた感情だ。彼の口調はさらに刺々《とげとげ》しくなった。

「わかった」コロンバには目を向けずに言う。「すまない。今日はちょっと機嫌が悪かったんだ。でも、頼むからダモーレには協力しないと伝えてくれ」

「頼まれたのはわたしだけど」コロンバは冷ややかに言った。

「それは表向きだ。きみに頼めば、ぼくを説得するだろうと踏んでいる。他人を思いどおりに操るためのディ・マルコの常套手段だ」

「わたしはそう簡単に思いどおりにはならない」

「列車のトイレに閉じこもったときにも、レオにそう言ったのか？」ダンテは口にしてからすぐに後悔した。

「最低」ベッドから飛び降りて靴を拾うと、コロンバは出ていった。

6

コロンバは怒りと恥ずかしさと失望で混乱したまま車を発進させた。どうしてダンテはあそこまで恩知らずで、がさつで……。

こんなふうに腹が立って仕方がないときは、いつもなら走りに行くが、その日は朝、病院の周囲をランニングして、すでにたっぷり汗をかいていた。そこで近くのコニリャーノという村へ向かった。野原の真ん中に建つ大きな倉庫の中に射撃場があり、機会があれば行ってみようと思っていたのだ。オーナーから五十発入りの銃弾をふた箱買うと、射場に案内された。レーンは二十列あり、そのほとんどがネオナチのタトゥーを入れた運動オタクから、一発撃つたびに眼鏡を拭く老女まで、さまざまな射撃愛好家で埋まっていた。

オーナーが防音イヤーマフを差し出した。「その様子だと銃には慣れているようだが、安全に関する注意事項をきちんと伝えなくちゃいけない。法律で決められているんでね。ここははじめてだろう」

コロンバはうなずいた。オーナーは銃弾を箱から取り出して装塡し、レーン上で撃ち方の手本を示した。三発立て続けに発射し、二十ヤード離れた帽子をかぶって銃を持った人型の的に当てる。分厚い眼鏡の奥で目を細めていたにもかかわらず高得点を出した。続いてオーナーはコロンバに銃を渡した。「あんたの番だ」

コロンバは弾を込めた。オーナーはその手つきを見て尋ねた。「陸軍か？」

「警察。元だけど」

「あんたの同僚のほとんどは銃身がどこにあるのかも知らないだろう」

「わたしの同僚のほとんどは知る必要がなかったのよ。幸運にも」

最初の弾倉は時間をかけて空《から》にした。射撃の基礎は身についている。しばらく練習から遠ざかっていても関係なかった。的の胸部ではなく下腹部に当て、徐々に上に向けて心臓、喉、顔に命中させる。オーナーはうなずいた。「ひとりで大丈夫だろう。楽しんでくれ」

コロンバは八個の弾倉を空にし、十の的を粉砕すると、さらに銃弾百発を購入し、今度はすばやく撃った。しまいには手首や背中が痛くなったが、心はずいぶん落ち着いた。拳銃の掃除をしてからオーナーに声をかけに行く。

「ホルスターを持っていないようだな」オーナーは目ざとく気づいた。「擦り切れたんなら、安いのがあるよ」

「もうこれに慣れたから」コロンバは拳銃をジャケットのポケットに突っこんだ。裏地には穴が開き、油で汚れている。

オーナーは眼鏡を上げた。「おれがあと二十歳若かったら、あんたは理想の女なんだがね」

「ありがとう。そんなうれしいこと言われたのはずいぶん久しぶりだわ」コロンバは答えた。

銃声のせいで耳鳴りがやまないまま、ひと気のない駐車場に出た。オレンジ色の街灯が灯ってはいるものの、車を停めたときよりもはるかに暗かった。だが、コロンバはエンドルフィンが分泌されてすっかりリラックスしていたせいで、警戒を怠った。

そのとき、首筋に息が吹きかかるのを感じた。

7

銃を抜こうとしたが間に合わなかった。髪をつかまれ、乱暴にパンダの窓に押しつけられる。鼻の骨にひびが入り、肺が締めつけられた。ガラスに押しつぶされた口で叫んだが、声は出なかった。

レオだ。

またしても突き飛ばされ、今度はボンネットに叩きつけられた。鈍い音が響き、口の中に血の味が広がる。一瞬、時間が止まったかのような感覚に陥ると、暗い場所を見たり軋む音を聞いたりするたびに何度となく想像してきたことが現実になった。手袋をした手に喉を絞められ、闇がいっそう濃くなった。

万事休すだ――どういうわけか、コロンバはそれほど悲観的ではなかった。少なくとも、これですべてが終わる。

だが、ふと自分の首を絞めている男のにおいに気づいた。つんと鼻を突く、汚れと汗の悪臭だ。コロンバはレオのにおいを思い出した。彼の口の味、身体の形を。

レオではなかった。

レオじゃない。

怒りが爆発した。コロンバは背後の男を思いきり踏みつけた。防水靴の底で足首がぐにゃりと曲がるのを感じる。首を締めつける力が弱まり、肺に空気が流れこんできた。やっとのことで振り向くと、襲撃者は目出し帽をかぶった痩せ型の男で、分厚い作業着を着ていた。

レオじゃない、心の中で三たび繰りかえす。

コロンバはポケットから銃を抜こうとしたが、またも間に合わなかった。男は全体重をかけてのしかかり、彼女を地面に押し倒した。拳銃が遠くに転がる。

門歯が汚れたコンクリートに激突し、燃焼したオイルや灯油を削り取って欠けた。顔を振ってやみくもに噛みつき、腿の筋肉に歯を沈めると、男は苦痛の叫びをあげた。どこかで聞いた覚えのある声だったが、目出し帽のせいでくぐもっていて思い出せない。コロンバは立ち上がらずに転がり、パンダの下にもぐりこんだ。仰向けのまま相手の動きをうかがいつつ、左の靴から飛び出しナイフを取り出す。敵がかがみこんだ瞬間に刺してやろうと、少しずつ刃を出した。ところがテニスシューズは遠ざかっていった。次の瞬間、金属が駐車場のコンクリートをかすめる音が聞こえた。

わたしの拳銃――前輪のほうへ這い進みながら考えた。目出し帽の男はひざまずくと、車の下をめがけて扇状に撃ってきた。一発が縦通材《ストリンガー》に跳ねかえり、顔から一センチのところに落下した。コロンバは手に力を込めて外に飛び出すと、四つん這いのまま走り出した。男はふたたび発砲し、弾は闇に火花を散らしながら消えた。車の窓が割れ、盗難防止装置のサイレンが鳴り響く。

コロンバは駐車場をジグザグに駆け抜け、射撃場の角に身を潜めると、両手でナイフを握りしめながら壁に背中をぴたりと押しつけ、血の混じった唾を吐いた。目出し帽の男の姿はどこにもなかった。用心深く振りかえると、駐車場には誰もおらず、暗闇が周囲の野原を包みこんでいる。

射撃場にいた客が叫び声を聞きつけ、ひとり残らず入口に出てきていた。コロンバは何者かに襲われたので、告訴するつもりだと説明した。「駐車場の録画テープは？」

「あいにく監視カメラは建物の中にしかないんだ」オーナーが答えた。

普通はそうだ、とコロンバは考えた。「だったら会員名簿を」

「しかし……個人情報が……」

コロンバは鼻血を拭い、その手をオーナーのシャツにこすりつけた。「早くしないと、ここを粉々にするわよ」

オーナーはすっ飛んでいった。

8

コロンバが血と油にまみれて病院に戻ったのは午後十時だった。入口の前で看護師としゃべっていたアルベルティは、その姿を見るなり駆け寄った。「いったいどうしたんですか?」

「どうでもいいでしょ」コロンバはぴしゃりと言った。「それから、今度ダンテに煙草を買ったら、ただじゃおかないから」

テントは暗闇にぼんやりと浮かび上がっていた。コロンバは救急車搬入口を通り、テントの入口のカバーをめくった。ダンテはベッドに座り、テレビを見ながら煙草を吸っていた。

「特別に認めてもらったよ」新しい煙草の箱をシーツの下に隠しながら言う。そこで彼女の様子に気づいた。「大丈夫か。誰にやられたんだ?」

「見た目ほどダメージはないわ」

「だといいが。ひどいもんだよ」ダンテは言った。「医者を呼ぼう」

「やめて。それより犯人を見つけたいの」コロンバはベッドの端に背筋を伸ばして座った。

「何か気づいたことはない?」

「血が」ダンテはパニック寸前だった。

「もっとよく見て。科学捜査班の代わりはあなたしかいないの。同僚に知らせるわけにはいかないから」

「知らせるわけにはいかない理由は？」尋ねながら、ダンテは彼女の汚れたジャケットから離れた。

「レオの共犯者かもしれないでしょ」

「それに、きみは彼を見つけなければならないってわけか。誰にも頼らずに自力で」ダンテはかぶりを振った。「何が起きたのか話してくれないか」

「コニリャーノの射撃場の駐車場で男が襲いかかってきた」コロンバが一部始終を語るあいだ、ダンテは彼女のジャケットをそっと脱がせ、落ち着かせることを最優先にしながら傷を調べた。

「レオのやり方には思えないが」ダンテは慎重に言った。

「彼が何を考えているのか、本当にわかってるの？」

「確かなのは、こんなぶざまな結果になる人間よりは、ぼくのほうがよっぽどうまく殺人犯を見つけられるということだ」ダンテはため息をついた。「セーターを脱いでくれるか」

コロンバは言われたとおりにした。「あなたの言うとおりかもしれない。きっとあのクズ野郎のルーポよ……わたしのせいでみじめな姿をさらして、腹に据えかねたのかも」

ダンテはスタンドライトでコロンバの首元を照らした。血と泥に混ざって痣が見える。

「うらむ」

「わからない。相手は手袋をしていたのか？」

「何？」

「ええ、作業用の。だから指紋は残っていない」

触れないように注意しながら、ダンテは彼女の首に顔を近づけてにおいを嗅いだ。血、汗、エンジンオイル、埃、石鹸。それからレモン。人工的な。以前にも嗅いだことがある。ダンテは舌がざらつくのを感じた。「この数時間のうちに、皿を洗ったり、何か洗剤を使ったりしたか？」

「いいえ」

「治療したらどうだ。犯人はわかった。だが、応急手当を受けなければ教えるわけにはいかない」

「いつまでパスを回しているつもり？　本当に心当たりがあるの？」

「ぼくたちのあいだでは、パスは回し尽くした。とにかく治療を受けるんだ」

「自分でする。時間がないの」コロンバは一階のトイレで顔を洗い、洗面台を血だらけにした。鼻は倍に腫れ上がっていたが、鼻中隔軟骨は折れていないようだ。けれども唇は、まさに前に切った傷口が開いていた。焼けつくように痛む。コロンバはトイレットペーパーを濡らして拭くと、さらにペーパーをちぎって鼻に詰めた。その間にも、みるみる血が垂れてくる。五分後、ダンテのところに戻ると、彼は手を組んで待っていた。

「まったく、今日は本当についてない」コロンバはぼやいてから腰を下ろした。そのときはじめてシャツのおなかの部分が破れているのに気づいた。「で、誰なの？」

「教えるけど、ぼくも一緒に行くよ」ダンテはしぶしぶ言った。「少し外の空気が吸いたい」

「だめ。歩きまわったりしたら、誰かに見られて大騒ぎになるから。あなたさえよければ、もう二、三時間ここで話し合ってもいいけど。そのあいだに犯人は逃げるでしょうね」

ダンテは鼻を鳴らした。「何て奴だ」

「それはあなたでしょ。それで、ルーポなの？　レオなの？」

「カラビニエーリが銃を持たずに来ると思うか？」

「拳銃は登録制よ」

「現役のころに〝足のつかない〟銃が手に入らなかったとでも？」

「だったら誰？　もったいぶらないで」

「きみを襲った男は射撃場の監視カメラを避けていた。だが、事前に下見したとも思えない。というのも、きみ自身でさえあそこに行くかどうかはわからなかったから。つまり、あの場所を知っている人物ということになる。おそらく病院からきみを尾行して、場当たり的に襲いかかったんだろう」

「会員名簿をコピーしてもらったけど見る？　わたしは目を通したけど、知っている人はいなかった」

「カラビニエーリではないのと同じ理由で会員でもない。会員なら銃を持っているはずだ。少なくとも、それを使ってきみの拳銃を奪っていただろう。安全装置はかかっていたのか？」

「もちろん」

「地面から拾い上げてから、安全装置を外したり装塡したりするのに手間取っていたか？」

コロンバは考えてから答えた。「いいえ」

「だとしたら、射撃の腕はあるが銃を所持していない人物だ。猟銃も持っていない。何しろ、ここらのバールでは釣り銭代わりに散弾をくれるくらいだ」

「つまり前科者」

「そのとおり。ポルティコできみに関わりがある人間はごくわずかだ。警察官と女性を除いて、犯人に当てはまりそうな年齢の男はどれだけ残る？」

「かなりの数よ。取材に来たおおぜいの新聞記者は含めなくても」

「新聞記者は業務用のハンドソープは使わない。きみの首からレモンの香りがした。油汚れを落とすためのものだ」

そのソープは知っていた。それも例のバイク好きの元恋人に教えてもらったもののひとつだ。手を真っ黒にして帰ってきたときに。

自動車整備士のように。

9

コロンバはアルベルティを探しに行き、アルベルティはパトロールカーを探しに行った。自動車整備工場の隣にあるロリスの住む小屋に着くと、ふたりは時間を無駄にするべきではないという点で意見が一致した。何度か体当たりしただけでドアは開いた。

ロリスはいなかった。腐った食べ物のにおいが充満した部屋は、足の踏み場がないほど散らかっていた。シーツはしわくちゃで汚れ、煙草の吸殻が散乱し、傷の手当てに使った血のついた脱脂綿も落ちている。ステレオには蹴破った跡があり、テレビは床に引っくりかえっていた。皿の上に置かれたスーパーチェーン〈コナッド〉のポイントカードは埃をかぶっている。コロンバは自分に腹を立てた――なぜすぐにロリスだと気づかなかったのか。

「仕事をしているのかもしれません」アルベルティは言った。「工場へ行ってみますか？」

「もちろん」

警報装置は解除され、シャッターの下から蛍光灯の光が漏れていた。コロンバとアルベルティはそれぞれ反対側の端に回ると、壁で身体を守りながらシャッターを押し上げた。ロリスは作業台に座っていた。目の前にはウイスキーのボトルとグラス、ばらばらになった古いコードレス電話を手にしている。アルベルティは彼に銃を向けた。「警察だ。両手を頭の後ろで組んで床に伏せろ。早くするんだ」

ロリスは電話を落とした。なかば開いた作業着から、汚れたタンクトップとコロンバが作った痣が見える。すっかり痩せ細り、顔はやつれて、ずいぶん長いこと眠っていないような目をしていた。彼は立ち上がらずに、作業台から取ったグラスを両手に持ってじっと見つめた。

「聞こえないのか?」アルベルティはもう一度叫んだ。

「乾杯したいだけだ」抑揚のない声だった。「マルティーナを偲《しの》んで」

「どういう関係だったの?」コロンバは困惑して尋ねた。

「恋人だよ。おれの子を身ごもっていたんだ。息子を」

怒りが消え、苦悩が取って代わる。「それは……お気の毒に。だけど、わたしは彼女の死とは関係ないわ。さあ、首の後ろで手を組んで」

「乾杯」ロリスはグラスを掲げたかと思うと、彼女に投げつけた。

コロンバはとっさに身をかがめ、グラスは背後の壁に当たって砕けた。液体が飛び散り、一部がジャケットにかかって煙を上げる。

コロンバは彼に飛びついて作業台に叩きつけた。ロリスはボトルを手にして殴りつけようとしたが、コロンバはその手首を両手でつかんでねじり上げた。

「ボトルを置け。でないと撃つぞ」アルベルティが狙いをつけやすいように一歩前に出る。

ロリスはコロンバの腹部を蹴るやいなや、ボトルを口に突っこんで中身を飲んだ。アルベルティが恐怖の叫びをあげる。息ができずにうずくまっていたコロンバは身を転がして離れた。ロリスは膝をつき、全身を痙攣させながら咳きこんでいる。ボトルが彼の手から滑り落ちて割れ、中身のほとんどが脚にかかり、先ほどのコロンバのジャケットと同じように煙を上げはじめた。

濡れた箇所に触れないよう注意しながら、コロンバとアルベルティは腐った卵のにおいがする水たまりからロリスを引き離した。顔の下半分は紫色に腫れ上がり、口は泡を吹く穴となり、そこに並んだ歯は歯茎が溶けるにつれて落ちてくる。彼は咽《むせ》ぶような音とともに舌を吐き出した。黒くて、グリュイエールチーズのように穴が開いた舌は、床に落ちても動きを止めなかった。

アルベルティがポケットから電話を取り出して救急車を呼ぶあいだに、コロンバは水のポンプに駆け寄り、水栓を開いてロリスに冷たい水を噴射した。だが彼は、もはやほとんど動かなかった。両手で締めつけた喉は裂け、ゴボゴボ音を立てながらどす黒い血が流れ落ちている。コロンバは水をかけつづけたが、ロリスは反応しなかった。噴きかかる水の勢いで傷ついた手の肉がさらに削ぎ落とされ、指が一本、排水口へと押し流されていった。いまやロリスの顔は真っ黒だった。

「もうじき救急車が来ます」アルベルティは電話を切りながら言った。

コロンバは元部下の肩に手を置いた。彼は青ざめて、いまにも吐きそうだった。「ひとりで大丈夫？　通りがかりにうめき声を聞いて中に入ったとでも説明して」

アルベルティはうなずいた。

「テロ対策チームに連絡して、報告書からあなたの名前を削除するよう頼んでみる。もし無理でも、心配する必要はないから」

「何を飲んだんですか？」

「においから判断して、バッテリー用の希硫酸ね」

「信じられない」

コロンバはアルベルティの背中をぽんと叩くと、作業台の上を探しまわって、空《から》になった自分の拳銃とマルティーナの額入りの写真を見つけた。新聞から切り抜いた制服姿の写真だった。病院へ運ばれる際に持たせたら喜ぶだろうと考えたが、ふたたび振り向いたときには、すでにロリスの呼吸は止まっていた。

10

コロンバがテントの病室に戻ると、ダンテは心配してベッドから飛び出してきた。

「大丈夫か？　アルベルティは？」

「みんな無事。ロリス以外は。助からなかった。やっぱり彼だった……」コロンバは続けられなかった。「本当に、どうしてわたしの周りの人はみんな死んでしまうの？」

「こっちに来たら抱きしめてあげるよ」

「いい。外に出たいなら連れてってあげる」

ダンテはフランネルのパジャマの上にコートをはおると、勢いよく暗がりに飛び出した。

コロンバは彼を車に乗せると、ポルティコの郊外へ続く道を選んだ。そして、運転に気を配りつつ事の顛末《てんまつ》を語った。整備士がどのような最期を迎えたのかを聞いて、ダンテは顔面蒼白になった。

「彼とマルティーナが知り合いなのは聞いてたけど、付き合っていたとは知らなかった」最後にコロンバは言った。

「停めてもらえるか。気持ち悪くなってきた」

コロンバは県道沿いのピッツェリアの前に車を停めた。屋外に喫煙者用の小さなテーブルがいくつかある。ダンテを支えながら座らせると、コロンバはウエイターにビールを二本注文した。外はまだ寒かったが、空は晴れわたり、この地域では一カ月ぶりに星が輝いていた。ダンテはようやく落ち着きを取り戻してつぶやいた。「希硫酸の味なんて、誰にわかるというんだ」

「あなたの思考回路だって誰にもわからないわ。それはともかく、マルティーナは妊娠はしていなかった」コロンバは言った。「遅かれ早かれわかったことだけど」

「監察医が彼女の名誉のために嘘をついているのでなければ、ロリスが誤解していたか、あるいは誰かが彼にそう信じこませたんだ」

「ロリスはレオがいなくてもわたしに恨みを抱いていた」

「確かか？　ぼくの考えでは、レオがいたから、あのカラビニエーリの死をきみと結びつけたにちがいない。でなければ、きみが容疑者のひとりだと知るわけがないだろう？　彼は昔は札付きのワルだった。そんな男に、ルーポが何もかも話すと思うか？」

「そうね」コロンバは半分しか飲まないと決めてビールをもう一本頼んだ。「間違いなくレオは相手の心をつかむ術を心得ている。わたしも電話で、彼がロメロとも関係を持ったと信じこまされたくらいだもの」

「それで、ロメロに負けたと思ってショックを受けたのか？」

コロンバは思わず咽《む》せてビールを吐き出し、大笑いした。男に襲われ、その男の顔が溶けるのを目の当たりにしたにもかかわらず、ずいぶん久しぶりに笑いをこらえることができなかった。「前にも言ったと思うけど、あなたって本当にむかつく」

「それがぼくのセカンドネームだ」

「セカンドネームなんてないくせに。そもそもファーストネームだってないんだから」

「よくも言ったな」ダンテはくすくす笑った。彼は、ほんのわずかなアルコールでも酔っ払う。

「あなたに協力を無理強いすることはできない。本人にその気がなければ、その気にならないから。でも、協力してくれたら助かるのは確かだわ」コロンバは正直に打ち明けた。「それに……トミーのこともあるし」

「おそらく彼はパードレの手中に落ちていた」

「パードレがただのイカれた人間ではなく、その背後に組織があったという証拠さえあれば。あなたはずっとそれを証明しようとしてきたでしょう。その努力がやっと実るかもしれないのよ。しかも、誰かを救えるかもしれない」

ダンテはコロンバのボトルを奪い取った。「ぼくたちのひとりを」そう言ってビールを飲む。

コロンバは彼の返したボトルを飲み干すと、「わたしたちのひとりを」と繰りかえした。パードレに関わった者は、ひとり残らず人生が変わってしまった。コロンバ自身も含めて。

「で、手を貸してくれる？　それとも逃げる算段を講じる？」

ダンテは片方の眉を吊り上げた。「すでに三パターンも考えてあるし、当分のあいだ地球上のどこにでも逃れられるように、養父からもらった金は使わずに取ってある。でも、きみをひとり残していくつもりはない」彼は靴下の中からつぶれかけた煙草を取り出した。「吸わないと、たちまち気分が落ちこむんだ。文句があるなら言ってくれ」

「ない。好きにして。わたしはあなたの母親じゃないから」

ダンテは火をつけると、夜空のシリウスに向かって煙を吹きかけながら満足そうになった。「ぼくたちのやっていることが煙草よりもはるかに命を危険にさらすと考えると、禁煙なんて意味はないだろう。アルベルティの話では、証人保護局がぼくが生きていたことを公表するそうだが」

「退院したらすぐに」

「このまま事を進めるつもりなら、延期しないとだめだ。ぼくが見つかったことはいっさい発表しない。国旗を背景にした写真もやめてくれ。熱狂的なファンの存在はありがたいが、いまのまま死んだと思われているほうが好都合だ。何にも邪魔されずに行動できる」

第三章

1

ダンテが暮らしている庭にグレーのアルファロメオで乗りつけたアルベルティは、門の前で彼を乗せると、「次の停留所はメッザノッテですよ」と告げた。ダンテはぐったりして、半分開けた窓に頭をもたせかけていた。ロリスが自殺してから四日が過ぎたが、コロンバに取り寄せてもらった一連の捜査記録に無理して目を通したため、合計で十時間しか眠っていなかった。とりわけマルティーナの記述は念入りに読んだ。ロリスの愚かな行為と比べても、彼女の死に方はことさら不可解だった。

死亡時のマルティーナ・コンチョは二十五歳、健康な身体および強靭な筋肉の持ち主で、既往歴も現病歴もなかった。死因は鋭い枝が腹腔内を貫通した損傷による出血。刺さった角度――四十五度――から判断して、マルティーナは約二メートルの高さから落下して宙吊りの状態で事切れた可能性が考えられる。だとすると、傷口のぎざぎざになった縁は枝の形で、身体にある複数の斑状出血は落下によるものと説明ができる。攻撃による痣はない。

血液検査では毒物は検出されず、胃の中に残っていたのはコーヒーと砂糖だけだった。砂糖は口と食道からも見つかり、したがって消化の速度を考えると、死亡する直前に飲みこまれたことになる。いずれにしても落下の瞬間には目覚めていた。というのも、枝をつかもうとした形跡があるからだ。しかし防御創も、爪のあいだの皮膚片もなかった。

マルティーナは制服の上にコートをはおり、制式拳銃はケースに収められたままだった。ポケットには美容院のチラシ、りんご、硬貨が数枚、それにどこのバールにも置いてあるような砂糖の袋が空のものを含めていくつか入っていたが、店名は印字されていなかった。身分証明書、鍵、財布はショルダーバッグの中に残っていた。

車と遺体発見場所とのあいだの一帯も調査したが、何も発見できなかった。救助者の足跡を除外しながら、雪、風、みぞれの中、科学捜査班は何時間も捜しまわったが、引きずった跡は特定できず、車にもマルティーナが串刺しにされた木の周囲にも血痕は見つからなかった。本当にレオが彼女を殺したのだとしたら、みごとに痕跡を隠したとしか言いようがない。

書類の熟読とリハビリの合間に、ダンテは密室でDATの司法官による取り調べも受けなければならなかった。彼は襲撃事件のことはおろか、その前の数週間も記憶がないと、素知らぬ顔で言ってのけた。本当にぼくはヴェネツィアにいたんですか？　驚いたなあ、といった具合に。

司法官たちはそれを信じた。ダンテは相手の嘘を見破るのと同じくらい、嘘をつくのが得意だった。それに、真実が公のファイルの記載内容と異なっていようと、誰ひとり関心を示さなかった。その間、コロンバはピサの〈カセルマ・ガメッラ〉にほぼ缶詰状態でダモーレと議論を重ねた。話し合いの場にはCIAイタリア支局の職員も同席し、ボナッコルソの国際的な捜査と、胸焼けがしそうなイタリア料理の食べ歩きについて最新情報を提供した。

メッザノッテへ向かう道路に入るなり、巨大なタイヤのトラクターが車道をふさいでいたので、アルベルティは極端に速度を落とさざるをえなかった。ダンテは文句を言った。「このあたりはびゅんびゅん飛ばすべきだ。児童養護施設のビンゴみたいに」

「自然は好きじゃないんですか？」アルベルティが尋ねた。

「ドキュメンタリー番組だけでじゅうぶんだ。本物の自然はホラー映画の舞台にちょうどいい。田舎に取り残されたふたりの知的障害者がばらばらにされるやつだ。せめて高速回線があればいいんだが。ぼくが眠っているあいだに全シーズン放送されていた。おかげで何百回分もダウンロードしなきゃいけない」ダンテは煙草に火をつけた。「どうやってそんなに上腕二頭筋を鍛えてるんだ？」

「サプリメントと、ちょっとジムに通っているだけですよ」

「世間に嘘をついている罪悪感を吹き飛ばしたくて？」

アルベルティのそばかす顔が青くなる。「といっても、そんなに多くのことを知っているわけじゃありません。あの襲撃事件の直後、ぼくとエスポージトの家に従兄弟が押しかけてきたんです。それから二週間、外出も電話も、意見のやりとりも禁じられました。だから、ドクター・カセッリが回復してぼくに指示を出すまで、ずっと黙っていたというだけです」

メッザノッテに着くと、アルベルティは新しい門をリモコンで開けた。田舎家は改修を終えたばかりだった。しかも、かなりの自由裁量で。いまや家の周囲を監視カメラが取り巻き──ほとんど見えないほど小さく、全部外側に向けられている──古い門は取り払われて、驚くほどの早業で忍び返しと有刺鉄線を備えた電動式の門扉に取り替えられていた。有刺鉄線は敷地をぐるりと取り囲む柵にも張りめぐらされている。

外壁の上に設置された小さなパラボラアンテナは、送受信が暗号化される衛星インターネットアクセス用で、犬の訓練用のあばら家はＤＡＴによる監視所となり、通りの動きをすべて監視していた。地主は、一日に二度、犬に餌をやりつづけるという条件で協力を承諾した。庭に散らばった粗大ゴミや壊れた家具は、雪が解けて貧弱な草があらわになると、むしろ美しい景色に見えた。セキュリティシステムの設置業者は、そうした古い家具には手をつけずに、自分たちの廃棄物だけを持ち帰った。

「本当にコロンバはこんなひどいところで暮らしているのか？」ダンテは驚いて尋ねた。

「中はちょっとはましです」

アルベルティはドアを開け、キッチンを通って庭に面した部屋にダンテを案内した。そこはまだむき出しで、壁も床も灰色のコンクリートのままだった。コロンバはその部屋に大きな白いウールの絨毯を敷き、ダブルの畳ベッド、小さなテーブルと椅子、チェストを置いていた。すべてイケアのセールで買ったものだ。だが、何といっても究極のダンテ仕様は、庭の向こうの野原まで見わたせる全面ガラス張りの長い壁だった。しかも防弾強化モデルに交換したばかりだ。カーテンはないが――コロンバはダンテがバスルームでもカーテンを使わないことを知っていた――鬱蒼《うっそう》と茂るフィーキ・ディンディア（シチリアに多く繁殖するウチワサボテン）のおかげでプライバシーは保たれる。

「ローマのスイートルームのようにはいきませんが、眺めはいいですよ」アルベルティは濃茶色が緑に取って代わりつつある丘陵の斜面を指して言った。

「ぼくが最近までいたところを知ってるか？」ダンテは畳に腰を下ろした。「少しずつグレードアップしている」

アルベルティは反対側の壁のアコーディオンカーテンを開けた。「ここにトルコ式トイレがあります」

「いまどきトルコ式トイレの家があるのか？」ダンテは文句を言った。

「行きたいなら、帰る前に手を貸しますが」

「けっこう。ぼくにとって、トイレはひとりで楽しむ時間なんだ」ダンテは仰向けに寝転がると同時に煙草に火をつけた。それができたことで自信がつく。「それに、きみは帰らない」

「証人保護局から、今日は帰るようにと……」

「帰ったら、今度はテロ対策チームがここに来るよう命じる。往復する手間を省くほうが効率的じゃないか」

アルベルティはがっかりして、ひとつしかない椅子に腰を下ろした。「トッレさん……ぼくはもう一ヵ月もここにいるんです」

「それを因果応報という」ダンテは同情するように見せかけてかすかにほほ笑んだ。「悪い行ないをすれば、その報いとして悪い結果がもたらされる。きみの場合は、コロンバの指示に従ってボナッコルソを捜し、ぼくを流れ弾から守るよう命じられたのがそれだ。だが、心配は無用。報復を受けるのはきみひとりじゃない。コロンバがきみの道連れを迎えに行ったところだ」

2

エスポージトは巨大なスーツケースを手に、何の予告もなしに投げ飛ばされたかのような表情でリミニ空港から出てきた。

「早くして。二重駐車なんだから」コロンバはグランドチェロキーから叫んだ。

エスポージトは足に鉄球をつけられた囚人のごとくスーツケースを引きずってきて、トランクに積んだ。トランクの中にはすでに果物や野菜の箱がぎっしり詰まっていて、スペースを見つけるのもひと苦労だった。

「この車は？」エスポージトは乗りこんでから尋ねた。

「親切にも対テロ作戦部隊《NOA》が貸してくれたの」

コロンバは車の流れに合流すると、またたく間にギアを上げてエンジンをうならせた。

「直接連絡できなくて悪かったわね。いろいろあって」

ローマの病院に見舞って以来、エスポージトはコロンバと顔を合わせていなかったが、あいかわらずの様子だった——顔のあちこちに治りかけの痣があるのを別にすれば。「考えてみてください。自分のいまの生活がどんなふうか……」彼は訴えた。「つい昨日まで、自分がボナッコルソに命を狙われるはめになるとは夢にも思わなかった」そのことを警察署長から伝えられたのは、つい十二時間前、妻と子どもたちとピッツェリアで夕食を取っていたときのことだ。

「そう悲観しないで。ちょっと警察官の仕事をやるだけでしょ。やり方を覚えていればの話だけど」

「人事部に異動してからまだ一年です。尻に根が生えたわけじゃない」エスポージトはむっとしたように言った。

コロンバは県道に入った。「昔から根が生えてたくせに。でも、早く家に帰りたかったら、せっせと働くことね。ちなみに、まずは手慣らしの任務を用意したわ――しばらくはダンテと一緒にいて、家の警備をするだけでいいから」

「証人保護プログラムは適用されないんですか？」

「ダッシュボードのグローブボックスを開けて」

エスポージトは言われたとおりにした。中には絡まったケーブルと小さなプラスチックの部品が入っている。

「集音マイクよ」コロンバは続けた。「家を空けるたびに、ディ・マルコの部下にこんなものを仕込まれるわけ」

「てっきり情報部の指示に従うのかと……」

「こっちは彼らの指示に従うふりをして、向こうはわたしたちを信用するふりをする」赤信号のあいだに、コロンバはエスポージットの凍りついた顔に目をやった。「だけど忘れないで。あなたに指示を出すのはわたしだということを」

エスポージットはうなずいた。「了解。で、どこから始めますか？」

「パードレから」

エスポージットは本気で走行中の車から飛び降りようかと思った。あの怪物の捜査には加わっていなかったが、話には聞いている。「彼は死んだのでは？」

「生きかえったわけじゃないけど、おそらくまだ解明されていないことがある。メラスの息子のトミーは、物ごとに対する反応がパードレに誘拐された子たちとよく似ているの」

エスポージットが煙草の箱を見せると、コロンバはうなずいて窓を開けた。ダンテのようなニコチン依存症者と行動を共にすることに慣れると、文句を言う気にもなれない。「その若者は何歳なんですか？」

「十九。第二期の誘拐の被害者である可能性はじゅうぶん考えられる。それが事実かどうかを確かめれば、レオの行方を突き止められるかもしれない」

「本人に話は聞いたんですか？」

「あいにく会話ができないの。でも、運よく話ができる人物がいる。手始めに彼のところに行くわ」

3

ステファノ・マウジェーリは四十がらみの痩せた男で、この寒さにもかかわらず膝が破れたジーンズをはいていた。ふたりは格天井《ごうてんじょう》の下に古い家具がひしめく空間に通された。アッシジの旧市街、コムーネ広場と聖フランチェスコ聖堂のあいだにあるアパートメントだ。ローマに持っていた店を売り払った金に、警察当局による不当拘留および不適切な扱いに対する賠償金を足して購入した家だった。マウジェーリは妻と息子を殺害した容疑で逮捕されたが、真犯人はパードレで、夫人を殺害したあとに子どもを誘拐したことをコロンバとダンテが立証したのだ。

「ドクター・カセッリ、わざわざ訪ねてきてくださるなんて驚きましたよ」マウジェーリはふたりの横で小躍りしながら言った。「エスポージトさんも。さあ、どうぞどうぞ。事故にでも遭われたんですか？」コロンバの顔を見て尋ねる。

「いいえ」コロンバはそっけなく答えた。マウジェーリは妻を殺してはいないが、一度ならず暴力を振るっている。そんな男と親しくする気にはなれなかった。「お電話で説明したように、息子さんとお話ししたくて来ました」

「パードレの事件は終わったはずでは？」

「そのとおり」

「だったらなぜ？　新しい事件でも？」

コロンバの目が翳《かげ》る。「わたしがあなたの容疑を晴らしたのを覚えていますよね？」

「もちろん。このご恩は死ぬまで忘れませんよ」マウジェーリは言った。

「その必要はありません。ただ、二十分だけ時間をください。もちろん同席なさっても構いません。できればご遠慮いただきたいのですが」

マウジェーリはしぶしぶうなずいた。「いいですよ、もちろん。どうぞこちらへ」

ルカ・マウジェーリはぼさぼさの金髪のひょろりとした男の子で、ボーダーのTシャツに丸い眼鏡をかけ、自室の子ども用の勉強机でノートに小さな絵を描いていた。

「友だちを連れてきたよ、ルカ」マウジェーリは後ろ手でドアを閉めながら声をかけた。

「この人たちを覚えてるか？」

「うん、パパ。ありがとう」ルカは振りかえらずに、窓ガラスに映った客の姿を見ながら、よく響く声で答えた。コロンバがこの少年に会ったのは、救出された日と裁判のときの二度だけだったが、いずれも言葉は交わさなかった。ルカは自閉症で、知能は通常より高く生活に支障はないが、誘拐されたショックを乗り越えるには長い時間が必要だった。

「では、話をするならどうぞ。何かあれば、わたしは向こうにいるので」マウジェーリはドアを閉めて出ていった。

「元気そうね、ルカ。ずいぶん大きくなって」コロンバはさっそく話しかけた。「いまいくつなの？」

「十歳。会いに来てくれてありがとう、コロンバさん」どこか機械的な口調と少し高すぎる声は以前と変わっていなかった。「警部さんも。クリスマスカードを送ったんだけど」

「とてもうれしかったよ、ありがとう」エスポージトは戸惑いながら答えた。彼は親子が裁判所に出頭する際に護衛を担当したのだ。

「だけど返事をくれなかったね」

「このおじさんは田舎者だから」コロンバは口をはさんだ。「邪魔した？ 宿題をやってたの？」

ルカはうなずいた。「国語は難しいけど、及第点は取れると思う」少し間を置いてから尋ねる。「何か悪いことが起きたの？」

「いや」エスポージトは言った。「何も心配しなくても……」

「そうよ」コロンバははっきりと答えた。

「本当のことを言ってくれてありがとう。みんな言ってくれないんだ。ぼくにはわからないと思って」ルカは机からトランシーバーを取って父親に話しかけた。「パパ、紅茶とビスケットを持ってきてくれる？」マウジェーリが応じると、ルカはコロンバに少し顔を向けて言った。「お客さんが来たら飲み物を出さないとね」

「そのとおり。ありがとう」コロンバは答えた。

「ベッドに座って。掃除機をかけたばかりだから」

コロンバはエスポージトをにらみつけ、立っているよう無言で命じてから自分は腰を下ろした。「あなたが思っているとおり、起きたのは悪いことよ、ルカ」怖がらせないように、言葉を選びながら話しはじめる。「あなたよりちょっと大きい男の子が両親を亡くしたの」

「どこでなくしたの？」

「死んだという意味よ」コロンバは言い直した。「遠回しな表現。どういうことだかわかる？」

「うん、コロンバさん。いつも聞くたびにメモしてるんだ。忘れないように」その言葉が嘘ではないことを示すために、ルカは別のノートを取り出して、その言葉を書き留めた。

「その男の子は助けを求めている。でも助けるためには、あなたとあまり楽しくない話をしなくちゃいけないの」

「パードレのこと？」

「そう」

ルカは落ち着いてうなずいた。「いいよ。紅茶を飲んだらね」

紅茶は大皿に盛られたビスケットと一緒に運ばれてきた。朝食を食べ損ねたエスポージトが半分たいらげるあいだに、ルカは虫眼鏡でトミーの写真をじっと見た。

「見たことない」そう言って、コロンバが取りやすいように写真を机に戻した。「助けてもらうまで、ほかに捕まっていた人にはひとりも会わなかった。そのあと、病院でもこの人は見かけなかった」

ルカ以外にも、九名の子どもが誘拐され、コンテナに閉じこめられていたが、解放された時点で話を聞けたのは彼ひとりだった。ルカだけは監禁がほんの数日間だったためだ。おかげで誘拐犯――パードレの共犯者で〝テデスコ〟と名乗る男――の顔を説明することができて、マウジェーリの無罪の証明に大きく貢献した。

「たぶん、あなたとは一緒にいなかったと思う。あなたが裁判官に話したことはよく覚えているわ。とても立派だった。でも、もう少し訊きたいことがあるの。構わない？」

「もちろん、コロンバさん」

「病院でほかの人に会ったとき、別に捕まっていた人の話は聞かなかった？　どこかで誰かを見たとか、まだわたしたちが見つけていない人がいるとか」

「ううん」

「パードレやテデスコが、それとなく言ったりしなかった？　わたしたちが助け出した子のほかに、まだ誰かいるようなことを。トミーという名前を口にしたりは？」

「ううん。テデスコは一度もぼくに話しかけなかった。パードレは〝獣は死ぬ〟とだけ言っていた」ルカはしばらく考えこんだ。「これも遠回しな言い方だね。お行儀よくしてろって言うための」

「あなたを閉じこめていたような場所のことは？」

「言わなかった。一度も」

ルカは少しずつふたりのほうに向き直った。明るい目にくっきりした顔立ちをしている。将来はハンサムな青年になるだろう。この子を救うことができたと考えると、コロンバは胸が熱くなると同時に、恐ろしい記憶をよみがえらせていることに罪悪感を覚えた。「だけど、ぼくみたいな子たちがほかにもいたのは知ってるよ」

「どうしていままで話さなかったんだ？」エスポージトは思わず声を大きくした。「大事なことだぞ」

「話さないって約束したからだよ、警部さん。約束は信用借りでしょ」ルカはコロンバに目を向けた。「でも、あなたはぼくを助けてくれたから。知りたいのなら全部話すよ」

「ぜひ知りたい、ルカ。話してくれたことは、おおぜいの人に知られないように気をつけると約束する。その子たちはどこにいたの？」

「ぼくたちがいたところ。ぼくたちの前に。でも、みんな死んじゃったと思うけど」

いい獣は死ぬ……コロンバは唇を噛んだ。「DNAって知ってる？」

「デオキシリボ核酸」

「警察がそれを捜査に利用していることは？」ルカはうなずいた。「あなたのコンテナからも、ほかの人のコンテナからも、あなたたち十人のDNAしか見つからなかった。それに……」コロンバは言葉を切った。警察は遺体がないか周辺一帯を捜索したが、何も発見できなかった。「とにかく、なぜはっきりそうとわかるの？」

「ぼくたちのなかで見た人がいるから」

「さっきは誰とも話さなかったって言ったけど……」

「病院では話さなかったって言ったんだ」

コロンバとエスポージトは顔を見合わせた。「コンテナはひとつずつ離れていたわ、ルカ。話はできなかったはずよ」とコロンバ。「ちゃんと確かめたから」

「本当だよ、コロンバさん。ほかの方法があったんだ。誰にも言わないって約束したのはそのことだよ」

「話をする方法を黙ってなければならなかったの？」

「うん。秘密だったから」ルカは指の関節で机を叩いた。「信号さ」

4

紅茶を飲み終えると、ルカはトランシーバーで全員にココアを持ってきてほしいと強い口調で頼んだ。父親は、もう紅茶とビスケットを持っていっただろうと言ってやんわり拒もうとしたが、ルカは「特別な状況なんだ」と反論してしつこく食い下がった。

「つまり、あなたたちはコンテナの壁を叩いて話をしていたということ？」コロンバは熱々のココアを冷ましながら尋ねた。

「うん」ルカはココアに砂糖を入れて答えた。スプーンがカップに触れないよう注意しながらかき混ぜる。「モールス信号みたいな感じで。家に帰ってから本物を調べたら違ったけど」

「覚えてる？」

「うん」

ルカはメモを出して書いた。

A ・

S	R	Q	P	O	N	M	L	K	J	I	H	G	F	E	D	C	B
•	•	•	•	•	•	•	•	•	•	•	•	•	•	•	•	•	•
|	|	|	|	•	•	•	•	|	|	|	|	•	•	|	|	•	|
|	|	|	|	•	•	|	|		•	|	|	•	|	•	|		
•	•	|	|	•	|	•	|	•	|	•	|						
•	|	•	|					|									

T ・―・――
U ・―・―・
V ・―・・―
W ・―・・・
X ・・―――
Y ・・――・
Z ・・―・―

コロンバは自分でも携帯電話で確認した。たしかにルカの言うとおりだった——モールス信号に似ているものの、根本的に異なっている。「記憶に間違いはない？」

ルカはうなずいた。「点は短点で、線は長点」そして、机の上で爪を使って実演してみせた。「難しかったけど、ぼくの右側にいた人はすごく速かった」

コロンバはコンテナの配置を思い浮かべた。ルカの右側の少年はみずから血管を切った——五年間、監禁された末に。

「どうやって覚えたんだ？」エスポージトが尋ねる。

「ぼくのコンテナの天井に書いてあった。通気口から日の光が入ってくるときしか見えなかったけど」ルカは答えた。「うんちで書いてあった。でも、もうくさくなかったよ」

何てひどい——コロンバは胸が締めつけられた。年端《としは》もいかない子どもにそんな生活を強いるなんて。「何て書いてあったの？」心を鬼にして尋ねる。

「暗記してから消すことって。だからそうしたんだ」ルカは少ししてから続けた。「だけど、ほかの人が何を言ってるのかはよくわからなかった。ぼくはメッセージを回しただけで、速すぎて意味は理解できなかったんだ」

「〝メッセージを回す〟？　どういうことだ？」エスポージトはぽかんとして尋ねた。

ルカは空中に描いて説明した。「ぼくたちは十人いた。もし列の先頭にいて、いちばん後ろの人と話したかったら、あいだにいる人がメッセージを回さなくちゃいけない。電話線のない電話みたいに」

「誰宛てのメッセージかはどうやってわかったの？」

「みんな信号の名前があったんだ」ルカは答えた。「ぼくは……」机を叩いてみせる。短点、短点、短点、長点。間。短点、長点、長点。コロンバは解読しようとしたが、だめだった。

「ＮＤだよ。どんな意味かは知らないけど」ルカは説明した。「もしかしたら〝おたく《ナード》〟の略かもしれない。だったらいいな。スパイダーマンのピーター・パーカーもおたくだから」

「それで、全員で信号のことは誰にも話さないことにしたのね」

「うん」

「どうして？」

「ほかの人たちのために」ルカは言葉を切り、はじめてためらいを見せた。「まずいことになるから……パードレと」